D1486531

LA DIVERSIÓN DE MARTINA

M

LA DIVERSIÓN DE
MARTINA

un desastre de cumpleaños

Ilustraciones de **Laia López**

montena

hugo   sofía   martina

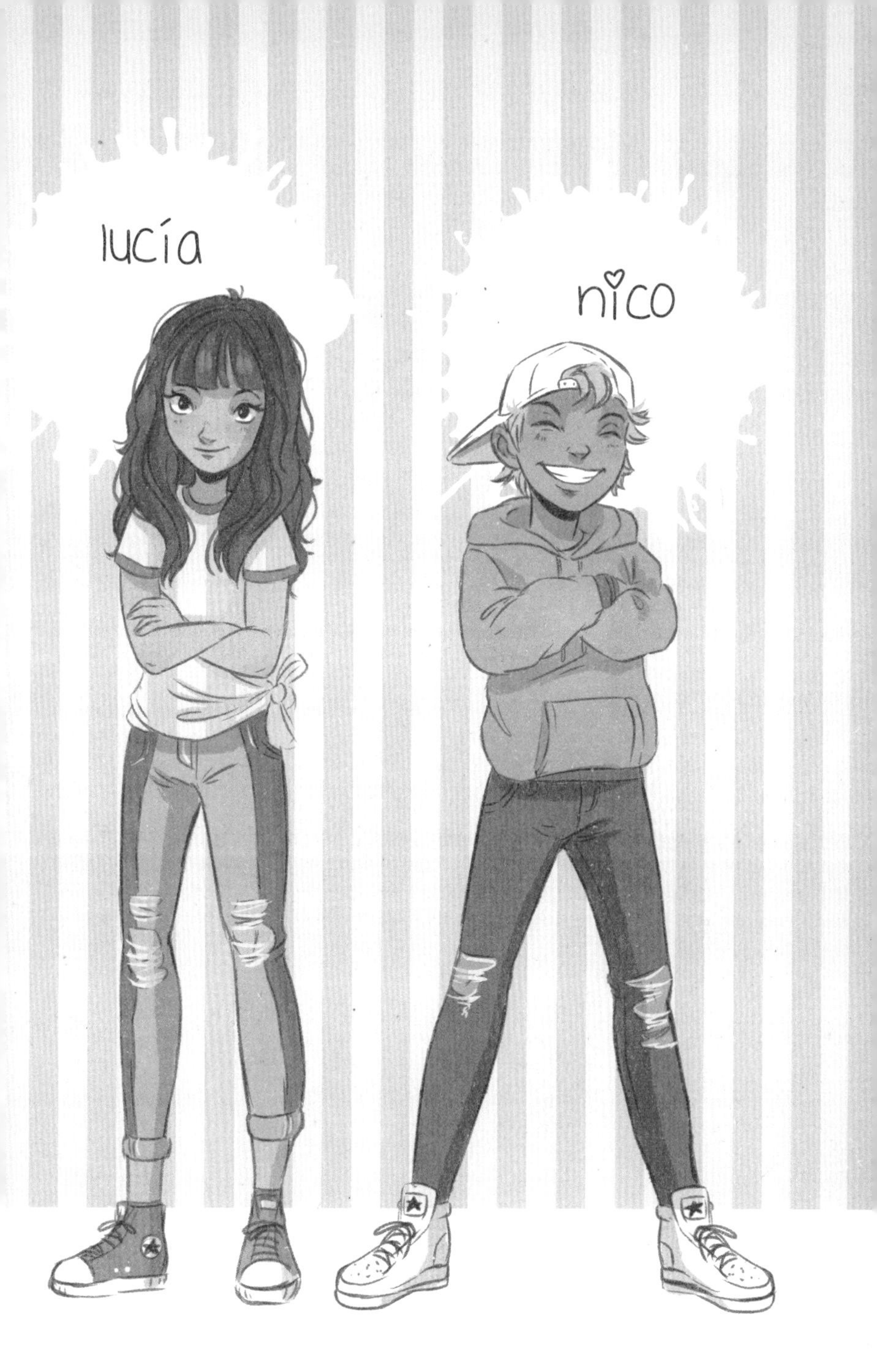
lucía
nico

Papel certificado por el Forest Stewardship Council®

Primera edición: octubre de 2017

© 2017, Martina D'Antiochia
© 2017, Penguin Random House Grupo Editorial, S. A. U.
Travessera de Gràcia, 47-49. 08021 Barcelona
© 2017, Laia López, por las ilustraciones
Penguin Random House Grupo Editorial / Judith Sendra, por el diseño de interior

Printed in Spain – Impreso en España

ISBN: 978-84-9043-856-5
Depósito legal: B-17.056-2017

Compuesto en Compaginem Llibres, S. L.

Impreso en Cayfosa
Santa Perpètua de Mogoda (Barcelona)

GT 3 8 5 6 5

Penguin
Random House
Grupo Editorial

He tenido una idea fantástica.
No.

LA MEJOR idea DEL MUNDO

Se me ha ocurrido esta tarde, mientras regresaba de la escuela. Esto es lo que ha pasado: mis amigas y yo tenemos una ruta muy bien montada en la que vamos pasando por casa de cada una, así hacemos casi todo el trayecto acompañadas.

Puede que demos un poco de rodeo, pero también en nuestros paseos de regreso a casa aprovechamos para hablar de todo: de los compañeros, de la escuela, de los deberes, si los hay (siempre hay deberes. Qué manía tienen los profesores de poner deberes).

Y de repente mi amiga Sofía me ha preguntado si este año también celebraría una fiesta por mi cumpleaños. Entonces las demás se han puesto supercontentas y me han pedido que sí, por favor, que sí, porque la última vez lo pasamos muy bien.

Entonces he tenido la idea.

Mis amigas se me han quedado mirando como si estuviera loca. ¿Qué pasa? Solo me he puesto a saltar en medio de la calle. Pero ¡es que a una no se le ocurre cada día la mejor idea del mundo! Y como es la mejor idea del mundo, voy a escribirla:

LA MEJOR idea DEL MUNDO

He decidido que voy a celebrar una fiesta y que va a ser una pasada.

Una fiesta de cumpleaños. No una normal como la del año pasado, no. ¡Eso ya está superado! La fiesta de este año va a tener de todo. Un montón de invitados, música, baile, juegos, comida. ¡Regalos! ¡Sobre todo que no se me olviden los regalos!

Una fiesta de CUMPLEAÑOS, que será dentro de un mes. Voy a cumplir doce años, y ¿qué mejor que todo el mundo pueda celebrarlo conmigo?

Por eso he elegido este cuaderno es-pe-cial-men-te para apuntar todas las ideas que se me ocurran para la fiesta. Porque una parte de la diversión son los preparativos, y quiero acordarme de ellos para siempre.

¡SALUDOS DIVERTIDOS A TODOS!

A veces me ha ocurrido que tengo una idea, pero al cabo de unos días se me olvida o se me ocurre una todavía mejor. Esta vez no ha sido así. Le he estado dando vueltas y ahora estoy convencida. Sin embargo, necesito una segunda opinión, así que voy a consultarlo con alguien que me entienda.

¡Acabo de contarle la idea a mi hermano y dice que le parece genial!

La conversación ha sido así:

Martina (o sea, yo): **¡Hermanito! ¡Adivina qué!**
Lili: (No dice nada. Me mira.)
Martina: **Voy a celebrar una fiesta de cumpleaños, ¿qué te parece?**
Lili: (Se tumba y se lame la nariz.)
Martina: **¿Verdad que sí?**

Lili: **Miau.**

Martina: **¡Gracias, hermano! ¡Sabía que estarías de acuerdo conmigo!**

Lili: *(En cuanto intento abrazarlo, se marcha corriendo.)*

Qué conversación más rara, ¿verdad? Pero por si acaso alguien que no sea yo lee mi cuaderno de preparativos, tengo que aclarar que mi hermano Lili es un gato. Es un gato, pero yo lo llamo hermano igualmente ¡porque lo quiero muchísimo! Así que Lili es mi hermano peludo. Luego tengo un hermano y una hermana mayores, que no están por aquí para preguntarles, pero seguro que también les parece genial.

En todo caso, está decidido. Ya no hay vuelta atrás.

Lili

LOS PREPARATIVOS

Hay que planificar al detalle. Si quiero que la fiesta salga bien, tiene que estar todo preparado con tiempo. Por eso comenzaré con las cosas que necesito:

¡A mí! Martina Valeria. Así me llamo yo. Tengo dos nombres porque mi padre es argentino y, aunque vivimos en Marbella, en Argentina TODO EL MUNDO tiene dos nombres. El día 24 de febrero voy a cumplir doce años.

Invitados. ¿Cuántos? ¿Quiénes? Habrá que pensarlo bien luego. Me gustaría que fueran muchísimos, porque yo conozco a UN MONTÓN de gente... La verdad no sé dónde voy a meter a toda la gente que me gustaría invitar. Veamos...

En realidad, es una buena pregunta. ¿Dónde celebrar la fiesta? Tiene que ser en algún lugar grande. He celebrado fiestas de cumpleaños antes en mi casa, pero allí solo caben diez o quince personas.

¿Y si fuera en una carpa como esas de las bodas? ¿O al aire libre? ¿O en un parque? Podría ser en la playa. No será por playas en Marbella, aunque ahora que lo pienso, esta idea♡ tiene ventajas y desventajas.

✦ VENTAJAS DE LA PLAYA:
Hay espacio de sobra.
Te puedes bañar si te entra calor (¡una fiesta de cumpleaños en bañador!).

✦ DESVENTAJAS:
No creo que a nadie le guste comer tarta con arena.
¿Y si llueve?
La fiesta va a ser en febrero. Lo de bañarse queda casi descartado: ¡¿Por qué no nacería en agosto? ¡¿POR QUÉ?!
No, si hubiera nacido en agosto entonces la mayoría de mis amigos estarían de vacaciones ¡y no podrían venir!
No se me ocurre ninguna más de momento. Pensaré en lo de la playa.

Vale, tengo que volver a centrarme en los invitados. Primero, mi familia, porque sería feo celebrar una fiesta sin ellos. Y luego, los ami-

gos, pero ¿cuáles? Los compañeros de la escuela, claro. Me gustaría invitar a toda la clase. Tengo amigas más íntimas, pero me llevo bien con todo el mundo, ¡y no quiero dejar a nadie de lado! También están los compañeros de baile, y los de equitación. ¡Y los vecinos! Y...

Se me está ocurriendo un montón de gente, la verdad. Quizá al final será más difícil pensar en quién *no* invitar que al revés.

<u>Actividades</u>. Esta es una parte muy importante de la fiesta, porque no tendré a los invitados ahí plantados sin hacer nada, ¿no? Así que necesitaremos música para bailar y juegos. Hace unos meses a mis amigos y a mí nos invitaron a hacer una yincana y lo pasamos genial. Era como una caza del tesoro, había que seguir una serie de pistas por toda la ciudad. Lo más divertido fue que ganó el equipo de las chicas (¡claro!, ¿quién si no?), y como habían perdido los chicos, ¡el castigo fue pintarles el pelo de colores! Además, los que per-

dían se quedaban sin merienda, pero como las chicas somos taaaaaan requetebuenas, acabamos compartiéndolo.

Bien, bien. Creo que esto ya empieza a tomar forma.

¡QUÉ GANAS TENGO DE QUE LLEGUE EL DÍA DE MI CUMPLEAÑOS!

¡SALUDOS DIVERTIDOS!

Esto es terrible. Terrible e injusto.

Es tan terrible que he tenido que coger los patines y salir a la calle para despejarme, aunque no ha funcionado mucho, y eso que a mí me encanta patinar y siempre que lo hago me siento mejor.

Debo de parecer la niña más triste del mundo, porque la gente que pasa se me queda mirando. Para que quede constancia, voy a dibujarme a mí misma supertriste y sentada en el banco.

Todo ha comenzado esta mañana: me he levantado contenta, todavía pensando en la fiesta. Ya quedan menos días, tres semanas y media para que sea mi cumpleaños. El día ha sido muy normal. He ido a la escuela. Me encanta mi escuela. Es un poco especial, porque es una escuela inglesa. A veces la gente me pregunta si no es muy difícil, pero, la verdad, solo es cuestión de acostumbrarse. Y de aprender inglés, claro.

Hoy las clases han sido bastante tranquilas, porque la semana pasada tuvimos exámenes y esta ha sido un poco de descanso. Después de las clases y de ponernos muchos deberes (es lo que menos me gusta, sinceramente) he regresado a casa. Entonces me he dado cuenta de que me faltaba hacer una cosa importantísima: preguntar a mis padres.

¿Que cómo me he podido olvidar de preguntar a mis padres? ¡Pues porque estaba muy ocupada pensando en todo lo demás! De todas formas, jamás habría imaginado que ocurriría lo que ha ocurrido.

Me pongo en situación:

He llegado a casa, como todos los días. He saludado a mi hermano peludo, que siempre que me ve entrar por la puerta viene corriendo para que le rasque la cabeza y he ido a la cocina a prepararme la merienda. Allí estaba mi madre, y entonces he esbozado mi mejor sonrisa.

A ver, que conste que mis padres son muy buenos, ¿de acuerdo? Nos quieren muchísimo a mis hermanos y a mí, y siempre lo hacen todo por nosotros, pero a veces..., ¡a veces hay que saber convencerlos! Y las sonrisas son una de las mejores tácticas que hay, pero hay que saber cuál es la mejor para cada ocasión.

LISTA DE SONRISAS
DE MARTINA

✬ LA SONRISA DE «NO HE ROTO NUN-CA NI UN PLATO» es útil sobre todo cuando

SÍ has roto cosas como un plato, o ese jarrón tan feo que había en el salón de casa. Se hace sonriendo solo un poco y poniendo ojos de pena.

LA SONRISA DE: «ME HACE MUCHA ILUSIÓN, PORFA, PORFA», utilísimo, por ejemplo, cuando se va de compras, o cuando una amiga te invita a pasar el fin de semana en su casa. Con esta sonrisa hay que abrir mucho los ojos y, si puede ser, cruzar las manos a la espalda.

LA SONRISA DE: «NIÑA BUENA» se parece mucho a la de no haber roto nunca un plato, pero sirve para que tus padres no sospechen que estás tramando algo.

Para la ocasión he elegido la sonrisa de niña buena, que se hace inclinando la cabeza hacia un lado, con las cejas un poco levantadas.

Martina: **¡Mamá!, ¿sabes que dentro de tres semanas y media es mi cumpleaños?**
Mamá: **Claro, hija.**

Claro que lo sabe. Ella estaba allí. En fin, sigamos.

Martina: **¿Te acuerdas de mi fiesta de cumpleaños del año pasado?**

Entonces mi madre ha puesto una cara rara. No sé de qué era. ¿Sorpresa? Era un poco cara de susto también, pero yo he seguido con mi sonrisa de niña buena. Igualmente, no tiene por qué asustarse. Mi fiesta del año pasado fue muy bien. Vinieron unas diez amigas a casa, merendamos y acabamos haciendo una sesión de karaoke en el salón. Mi madre no estará enfadada porque de la emoción acabamos saltando sobre el sofá, ¿verdad? No se rompió ni nada por el estilo. En fin, siempre he pensado que para conseguir las cosas hay que perseverar, así que a pesar de todo le he dicho:

Martina: **Pues que he tenido una ♡idea maravillosa, y es que este año podríamos celebrar una ♡fiesta A LO GRANDE. Con música, y podríamos invitar a mucha gente y...**

Pero mi madre no me ha dejado acabar. De verdad. Se le ha puesto la misma cara seria de antes y me ha respondido:

Mamá: **Ya hablaremos.**

¿Cómo que ya hablaremos? Pero ¿qué clase de respuesta es esa, mamá? Quería insistirle. Preguntarle: ¿Verdad que la ♡idea Es buena? Pero no ha querido ni escucharme, me ha dicho que ya lo hablaríamos luego, que si no tenía deberes de la escuela (que sí, pero ¡puedo hacerlos luego!) o algo más que hacer.

Entonces ha sido cuando me he puesto mi sudadera rosa chicle, que es mi favorita, he cogido los patines y he bajado a la calle, pero ni patinando se me ha quitado la angustia de encima. Así que es por eso que estoy sentada en este banco, escribiendo en este cuaderno, que ya no sé si necesitaré más, si es que al final no puedo celebrar la ♡fiesta.

SALUDOS, PERO NO SÉ SI TAN DIVERTIDOS

Veamos. Sentada en el banco tampoco arreglaba nada. Entonces me he dicho: *¡Oye, Martina!* Y me he respondido: ¿Qué? Y luego: *¿Tú no se supone que eres una persona siempre positiva?* Y me he respondido que sí. *¿Y una persona que siempre tiene buenas* ¡ideas? Y tanto. Y entonces me he dicho: *Pues nada de agobiarse. Ya encontrarás una solución.*

Después de esta charla conmigo misma ya estaba más animada. Además, ha comenzado a llover y no quería pillar un resfriado, así que he regresado a casa. Luego me he metido sin decir nada en mi habitación no porque esté enfadada con mi madre (que sí), sino porque, como no entiendo qué está ocurriendo, voy a confeccionar una lista a ver si me aclaro.

LISTA DE RAZONES QUE EXPLICAN POR QUÉ MI MADRE NO ME DEJA CELEBRAR LA fiesta

✧ Porque en mi fiesta del año pasado acabamos saltando sobre el sofá del salón. Ya me pareció que mi madre no estaba muy contenta con que saltáramos, ¡pero no se rompió ni nada por el estilo! ¡Y nos quitamos los zapatos antes!

✧ Porque sería mucho trabajo organizarla. Que sí, pero ¡yo ya lo tengo todo planeado!, así que no es para tanto. Bueno, lo que se dice todo, todo planeado, no, pero casi. Ya tengo decidido el lugar, por lo menos. Y casi los invitados.

✯ ¿Y si estoy soñando? Una vez soñé que iba a la escuela y todo el mundo me miraba de una forma rarísima rarísima, y entonces me daba cuenta de que ¡había ido en pijama! Un pijama muy bonito, por cierto, pero no es un sueño, porque me acabo de pellizcar (flojito) y ¡nada!

✯ O también podría ser una broma. A mí me gustan mucho las bromas. ¡Me encanta hacer bromas! Pero esta sería de muy mal gusto, la verdad.

✯ ¿Quizá mi madre se ha dado un golpe en la cabeza? No me ha parecido verle ni un chichón ni nada parecido, pero quizá mi madre ha tenido un accidente en el trabajo. Mi madre es decoradora y restauradora. Quizá se ha resbalado con algo y se ha caído, o se le ha caído un cuadro en la cabeza y ahora por eso no quiere organizar la fiesta. Por el golpe en la cabeza.

✯ extraterrestres. No. Eso es una tontería. ¿O no? Una vez que me acosté tarde, vi con mis padres un programa en la tele en el que hablaban de unos extraterrestres que eran como la-

gartos (¡lagartos gigantes!) que secuestraban a gente importante y ocupaban su lugar. Mis padres, claro, dijeron para tranquilizarme que el programa era de mentira, que no me preocupara (no me preocupé. ¡No me dan miedo los extraterrestres!), pero... ¿qué otra explicación hay? ¿Y si es verdad que existen esos extraterrestres lagartos que secuestran a la gente y han secuestrado a mi madre y por eso, POR ESO, no quiere que celebre mi fiesta? ¿Y qué voy a hacer ahora? ¿A quién aviso? ¿Cómo rescato a mi madre de verdad?

Uy. Acabo de escuchar la puerta de casa. Estoy segura de que acaba de llegar mi padre. Seguro que ahora podré aclarar qué sucede. ¡Luego sigo a ver si se me ocurren más cosas!

Vale. Aunque mi lista de antes era BASTANTE completa, me faltaba una cosa.

He salido corriendo de mi cuarto. Suerte que no me ha visto nadie, porque con las prisas se me había olvidado que todavía llevaba puestos los patines y he tropezado y casi casi me doy de bruces contra el suelo. Suerte que, si alguna vez me rompo los dientes, mi padre me los puede arreglar porque es odontólogo.

En fin. Que he salido corriendo de mi cuarto, casi me caigo, me he quitado los patines y he llegado al salón. Y mi madre ya le estaba contando a mi padre lo de la fiesta. Y él ha puesto la misma cara rara que mi madre antes. Y luego se han girado los dos a la vez para mirarme.

Que conste que a mis padres los quiero mucho, y que normalmente están de buen humor y no son padres superestrictos, pero nada más verlos, me ha entrado un poco de miedo. Y luego mi padre ha dicho:

Papá: **Martina, nos han llamado de la escuela.**

Ay. Quizá tendría que haberme dejado los patines puestos para poder salir huyendo más rápido, pero no.

Me he quedado allí, haciéndome la valiente, aunque eso de «Nos han llamado de la escuela» sonaba muy muy muy mal.

Entonces mi madre se ha cruzado de brazos.

CONSEJO PARA ENTENDER LOS GESTOS DE LOS PADRES

Boca apretada, sin sonreír: todavía se puede arreglar.

Ceño fruncido: malo.

Que uno de tus padres sacuda la cabeza: supermalo.

Brazos cruzados: no te salva ni la sonrisa de niña buena.

Mamá: ¿Qué pasó con el examen de matemáticas?

Si mi vida fuera una película o uno de mis vídeos de Youtube, ahora sonaría música de miedo,

¡CHUN,CHUNCHUUUUUUUUUUUUN!

¿Que qué pasó con el examen de matemáticas? Pues pasó que no fue el mejor examen de mi vida. Pasó que me puse nerviosa (¡era un examen de matemáticas!) y que quizá no estudié tanto como debería.

En mi defensa, diré que entre toda mi vida social, y las actividades extraescolares, y los vídeos que cuelgo, soy una persona superocupada. Claro que, a mis padres, eso no les importa. Se ve que les han llamado de la escuela (¡acusicas!) para decirles que ya tienen los resultados de los exámenes de mitad de trimestre. Y resulta que mis notas en matemáticas han bajado ALARMANTEMENTE (esa es la palabra que han usado: «alarmantemente», y significa que han bajado tanto que comienzan a estar preocupados) y que hay otras materias que tampoco me han ido del todo bien.

Lo reconozco: no me siento orgullosa. Pero nada de nada. Si yo, en verdad, saco buenas notas casi siempre, y el caso es que, ya lo he dicho antes, a mí la escuela me gusta de verdad. Me gustan mis compañeros (la mayoría) y mis profesores (la mayoría, también), y me lo paso bomba aprendiendo.

Me entraron ganas de llorar, y luego sentí una vergüenza terrible, y luego me entraron más ganas de llorar todavía cuando mis padres dijeron (y lo voy a transcribir aquí en mayúsculas para que se entienda lo enfadados que estaban):

MARTINA VALERIA (que te digan tu nombre entero es todavía PEOR que los brazos cruzados), *HASTA QUE TUS NOTAS NO MEJOREN, NO VAS A CELEBRAR NINGUNA* fíesta *DE CUMPLEAÑOS*.

mí vída es un desaaaaaaaaaaaaaaaaastre.

Vale. He pasado unos días tan tristes que no tenía ni ganas de continuar con este cuaderno de ¡deas PARA LA fiesta después de que mis padres dijeran que no habría fiesta si mis notas no mejoraban. Entonces me he recordado a mí misma una cosa muy importante: y es que yo soy una persona siempre, siempre po-si-ti-va. Y que no me rindo con facilidad. Y tooodo tiene solución. ¿Quieren que mis notas mejoren?

¡¡¡¡¡¡EN LOS PRÓXIMOS EXÁMENES VOY A SACAR LAS MEJORES NOTAS DE MI VIDA!!!!!!

Voy a sacar tan buenas notas que se tendrá que inventar una nota mejor que «sobresaliente». Voy a batir un récord. Los profesores van a hacerme la ola. Va a salir en los noticiarios de televisión y en las redes y en todas partes.

¡Y entonces, tendré mi
fiesta de cumpleaños!

LOS CONSEJOS DE MARTINA PARA ESTUDIAR Y NO MORIR EN EL INTENTO

(porque como he decidido que sacaré las mejores notas de la historia, hay que hacerlo bien)

☆ PRIMERO Y SUPERIMPORTANTE: para estudiar, hay que encontrar un sitio adecuado. En mi habitación, al lado contrario de la cama, tengo un escritorio enorme. Es de madera, blanco, y desde la ventana se puede ver una de mis cosas favoritas en la vida: ¡el mar! Una parte la ocupa el ordenador, y el resto del espacio es para libros. Para estudiar, es mejor una mesa despejada y una silla cómoda.

Cuantas menos distracciones, mejor. Por ejemplo, ¿el cuaderno con ideas de la

fiesta? Mejor debería guardarlo y ponerme a trabajar. Pero, bueno, antes voy a acabar la lista de consejos para estudiar, ¿vale?

✫ SEGUNDO: yo lo que hago es leer bien una parte de lo que tenemos que aprender para el examen. Y cuando la he leído bien, la vuelvo a leer.

✫ TERCERO: después de leer, lo que hago es tomar una libreta en blanco y resumir todo lo que he estudiado. Lo escribo en letras grandes y subrayo las cosas importantes con marcadores de colores.

Otra cosa que también funciona superbién es explicar lo que sale en el examen a otra persona: ¡incluso a veces le explico qué estoy estudiando a mi hermano peludo! A él, claro, no le interesa mucho lo que le digo, pero me escucha igual.

✫ CUARTO: así, poco a poco, voy estudiando tema por tema y resumiéndolo. Y cuando ya están todos, lo que hago es el mismo proceso pero al revés: leo los resúmenes que he ido haciendo y entonces trato de completar la información como si estuviera ya en el examen.

QUINTO: el descanso. El descanso es superimportante, en realidad. Es tan importante que incluso los profesores de la escuela nos recomiendan descansar cada media hora o así. Por ejemplo, ahora estaba descansando mientras escribía estos consejos, pero me pongo a estudiar otra vez, ¡ahora sí!

¡ESTOY CONVENCIDA DE QUE VOY A SACAR NOTAZAS!

Hay un problema. Mi cumpleaños es el 24 de febrero, ¿verdad? Pues los exámenes son UNA SEMANA DESPUÉS.

Eso significa que hay que contar siete días, más los días que tarden los profesores en corregir. Y entonces tendría que esperar todavía más, para que mis padres me dieran permiso. Además, en serio, no se puede celebrar una fiesta de cumpleaños dos semanas después del día que toca. Seguro que da mala suerte. Y en caso de que no dé mala suerte, tampoco sería una fiesta de cumpleaños, sino una fiesta a secas.

No tengo nada en contra de las fiestas a secas, ¿vale? ¡Me encantan las fiestas, sean de lo que sean! Pero esa no es la cuestión. La cuestión es que, si quiero organizar la mejor fiesta de la historia, tiene que ser el día indicado. Lo único bueno de aplazar la fiesta sería que entonces ya no haría frío y podría celebrarla en la playa, pero el problema sería el mismo.

¿¿QUÉ VOY A HACER?? TENGO QUE ENCONTRAR UNA SOLUCIÓN.

¿Y si negociara con mis padres? Podría prometerles de verdad de verdad de verdad de verdad que estudiaré muchísimo, que sacaré buenas notas y ocurrirá todo eso de la ola y del sobresaliente, pero que me dejen celebrar la fiesta de todas formas. Seguro que dicen que sí, porque si les prometo una cosa, la voy a cumplir seguro.

¿Tú qué opinas, hermano peludo? (se lo pregunto a mi gato, que para variar se está echando una siesta sobre mi cama), y me ha mirado y ha bostezado, así que supongo que está de acuerdo conmigo. Que luego no se diga que Martina es una cobarde. Voy a preguntar.

¡suerte, martina!

MIAU

bueno, pues han
dicho que no.

¡Vaya! Pensaba que no volvería a abrir este cuaderno jamás en la vida, pero me equivocaba. Y eso gracias a mi amiga Sofía, que no solo va a mi clase, sino que es la mejor amiga del mundo.

Tengo un montón más de amigas, pero Sofía ha tenido una idea genial. Y no es que sea una amiga genial solo por eso, ¿eh? Lo es por muchas más razones, pero mantengo lo de la idea genial.

En fin, estábamos juntas a la hora del recreo en el patio de la escuela. Estoy segura de que la mayoría de los niños dirán lo mismo de las suyas, pero mi escuela es LA MEJOR. Está lo bastante cerca del centro de Marbella para ir caminando, pero lo bastante lejos como para que sea una zona tranquila, y además del edificio principal donde se dan las clases tiene un terreno ENORME. Hay patios para jugar al fútbol, al hockey sobre hierba y al baloncesto, y una biblioteca preciosa, toda redonda, y un pabellón de deportes cubierto. Mis amigas y yo, a la hora del recreo, tenemos un lugar favorito: justo al lado del campo de fútbol, porque:

✪ Hay una zona de césped con unos cuantos árboles que dan sombra cuando hace calor, y si no hace calor, te pones al sol, que se está muy bien también. Como todavía es invierno, nosotras estábamos al sol.

✪ Hay muy buenas vistas del campo de fútbol donde juegan los chicos.

Como decía, estábamos Sofía, Katya, Ariana y yo, y les estaba contando la INJUSTICIA de la fiesta. La verdad es que mis amigas son las mejores, porque todas estaban igual de indignadas que yo. Sobre todo, cuando les he contado cómo, después de prometerles que estudiaría muchísimo y que sacaría muy buenas notas si podía celebrar la fiesta

por mi cumpleaños, mis padres se han nega-
do igualmente.

.Y entonces Sofía ha dicho:

Sofía: **Bueno. Pero no tienen por qué enterarse,
¿no?**

Lo cual ha sido rarísimo porque en realidad
lo normal es que sea yo la de las ideas lo-
cas, y Sofía, aunque siempre se apunta, inten-
ta ser la más seria de las dos.

Pero entonces mis otras amigas han comenzado a chillar de la emoción y, aunque Sofía ha intentado rectificar, ya estaba decidida
la cosa. Tiene razón cuando dice que mis padres no tienen por qué enterarse, y si no se en-
teran, entonces no necesito su permiso. Estábamos gritando tanto y tan fuerte que incluso
dos amigos míos, Hugo y Nico, se han acercado a ver qué ocurría, así que al final me he decidido:

¡la fiesta está en marcha otra vez!

El resto del día he tenido un verdadero PRO-
BLEMA, porque se me ha metido la fiesta
en la cabeza de nuevo, pero ¡no me he olvidado de mi propósito de estudiar! Al contrario,
¡me gustará ver las caras que ponen mis padres cuando sepan que he celebrado la fiesta
igualmente y ADEMÁS he sacado sobresalientes! He intentado estar más atenta que nunca,
pero cada diez minutos o así, las ideas me
venían solas a la cabeza.

Por ejemplo, en medio de clase música..., la única música en la que yo podía pensar era en la que pondremos en la fiesta. Porque ¿qué es una fiesta sin música? Y mientras la maestra explicaba cosas sobre compositores de allá por la época de la prehistoria, no me podía quitar de la cabeza que una fiesta sin música es equivalente a tener un montón de gente de pie preguntándose qué hacer.

Entonces, ¿de dónde sacaría la música? Cuando creía que mis padres me ayudarían, imaginé que se podría alquilar algún equipo como esos de los grupos cuando hacen conciertos (aunque quizá no tan grande), ¡O INCLUSO CONTRATAR UN DJ! Eso sí sería lo más grande, pero claro, alquilar todas esas cosas vale dinero y yo tengo mucha voluntad y muy buenas ideas, pero dinero..., lo que se dice dinero no tanto. Pero no me voy a desanimar por eso.

Luego, antes del mediodía, en matemáticas, mientras nos habían dejado tiempo para resolver unos problemas, me he puesto a pensar en la comida, y la misma cantinela: ¿de dónde sacaría la comida para toda la gente a la que quiero invitar? ¿Y la tarta?

Y así todo el día. Ha sido VERDADERAMENTE agotador pensar en tantas cosas a la vez. Al salir de la escuela, me sentía como si todo me pesara. Incluso mis amigas lo han notado, porque mientras hacíamos nuestra ruta para regresar a nuestras casas me han dicho que estaba más callada de lo normal. ¡Yo! ¡Callada!

Cuantas más vueltas le daba, más cuenta me he dado de que, si quiero que esto salga bien, necesitaré ayuda. Mis padres están descartados, claro.

Después de despedirme de mis amigas y llegar a mi casa, he visto que mis padres estaban en el salón y yo les he saludado como si nada, aunque siga un poco enfadada por todo. Me refiero a que ¿POR QUÉ NO CONFÍAN EN MÍ? Si digo que sacaré buenas notas en los próximos exámenes tendrían que creerme, ¿no?

Así que sí, quizá sigo un poco enfadada, pero, como no quiero que se note, les he saludado. Y también a Lili, que ha venido corriendo a decirme hola, como siempre, y a mi hermana, porque además de mi hermano peludo tengo dos hermanos humanos, ya lo he dicho antes. Son mucho mayores que yo y ambos son odontólogos, como mi padre, así que trabajan mucho, pero también me ayudan y saben divertirse. ¡Mi hermana Florencia incluso aparece en alguno de mis vídeos! ¿Y SI LE PIDIERA AYUDA A ELLA? Claro que mi hermana también es una ADULTA (¡qué palabra más fea!) y cabe la posibilidad de que, si le cuento mis planes, ella vaya corriendo a contárselos a mis padres. ¡Quééé dilema!

Así pues, ¿quién me queda?

VEAMOS:

Padres: descartadísimos.

Hermanos: salvo mi hermano peludo, no estoy segura de que los demás no vayan a chivarse a mis padres, así que nada.

Amigos: pues quedan los amigos. ¡Suerte que yo tengo muchísimos! ¡Ahora solo me falta pedir que me echen una mano y cruzar todos los dedos que tengo para que lo hagan!

¡SALUDOS DIVERTIDOS!

¡Hola, chicos! Como la mayoría me habéis preguntado estos días, supongo que todo el mundo sabe la idea que tuve de celebrar una fiesta de cumpleaños *A LO GRANDE*, así que voy a ahorrarme las presentaciones: *¡NECESITO VUESTRA AYUDA!* Como también sabéis, mis padres dijeron que no podía celebrar la fiesta hasta que no sacara mejores notas, pero como los exámenes son después de mi cumpleaños... Eso también lo sabéis, ¿verdad? ¡Qué injusticia! Pues bien. ¡Celebraremos la fiesta igualmente! Pero ¡precisamente por eso necesito que me echéis una mano! De momento necesitamos:

Música: ¿cómo la conseguimos? ¿Qué vamos a poner?

Comida: ¿hay alguna alternativa a ir a comprarla en una tienda? ¿ideas?

¡Lugar para la fiesta!: un parque, una pla-

ya, una plaza, ¡lo que sea! Pero ¡que tengamos
espacio de sobra para divertirnos!
Actividades: ¿propuestas?

Este es el mensaje de WhatsApp que he escrito a todos mis contactos. Al final, se lo he
mandado a gente de la escuela, a mis compañeros y compañeras de las clases de baile y de
música, los de equitación... ¡A todo el mundo!
Y ahora solo me queda esperar...

LISTA DE INVITADOS

(No están todos. En realidad, seguro que se me ocurren más, pero la voy escribiendo poco a poco)

SOFIA: ¡Cómo no voy a invitar a Sofía!

LUCÍA: Es la hermana mayor de Sofía, y también nos llevamos genial. ¡Invitada!

HUGO: No hay nadie tan divertido como él.

NICO: Nico tiene unas ideas tan buenas como las de Sofía, que ya es decir.

KATYA: ¡Nadie tiene tanto estilo como ella!

Y luego están Ariana y Athina y Lili y Daniela (que ¡no puede faltar! ¡Va a ser mi maquilladora!). Y habrá que animar la fiesta con algún chico guapo, vamos a ver... ¡Jaime!, ¡Álex!, ¡Tom! (qué ojazos...), ¡Andrés! y... es que cada vez se me ocurre más gente.

No, si al final necesitaré un cuaderno nuevo SOLO para invitados.

- sofía
- lucía
- hugo
- nico
- katya
- ariadna
- athina
- lili
- daniela
- jaime
- álex
- Tom
- andrés
-
-

Vale, vale. Mandé el wasap ayer y ya estoy INUNDADA de mensajes y propuestas, tantos que ya no sé ni de dónde me llegan, así que en el cuaderno solo voy a pegar los mejores:

De: *Nico*
A: *Martina*

¡Hola, Martina! ¡Qué genial lo de la fiesta! He tenido una idea para la música: ¿por qué no usamos los móviles? Yo tengo unos altavoces para conectar al móvil que no necesitan enchufarse a la corriente, y estoy seguro de que más gente los tendrá. No son superpotentes, pero he pensado que, si tenemos varios, se pueden hacer distintas zonas de baile con música de estilos variados... ¡A ver si te sirve la idea! ¡Tengo muchas ganas de que sea el día de la fiesta!

De: *Martina*
A: *Nico*

ERES UN GENIO. ¡UN GENIO! ¡Zonas de baile múltiples, genial!

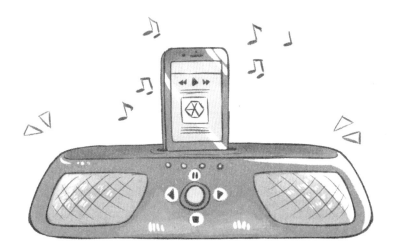

Tom: **¡Hola, Martina!**

Este mensaje, por ejemplo, era de Tom (¡el de los ojazos!). ¡Las noticias vuelan!

Oye, que he estado pensando en el tema de la comida y... ¿por qué no haces una fiesta de comida para compartir? Y en vez de prepararlo todo tú, pides a todos los que asistan que traigan algo: por ejemplo, uno que traiga bocadillos y otro una bolsa de patatas... ¿Qué te parece? ¡Yo me animo a preparar una tarta! No puedo asegurar que vaya a estar tan buena como la de un pastelero profesional, pero ¡lo intentaré!

Pues me parece que... ¡ya tenemos solucionado el tema de la comida para la fiesta! Y al final, creo que pronto estará arreglado (o casi arreglado) el tema del lugar.

Hoy, después de comer (igual que muchos compañeros, me quedo a comer en la escuela muchos días. De todas las cosas bonitas de mi escuela, el comedor, que tiene una cúpula de cristal en el techo, seguramente es de las mejores) hemos decidido crear una COMISIÓN

PARA LA fiesta. Mis amigos y yo (estábamos Katya, Sofía, Nico, Hugo y Daniela) nos hemos reunido en un rincón del patio para intercambiar ideas. Les he enseñado las propuestas para la música y la comida y les han ENCANTADO, pero todavía nos faltaba encontrar el lugar adecuado. Entonces Sofía ha dicho:

Sofía: **Pues ¿qué os parece si mañana nos dividimos en grupos después de clase y vamos a mirar parques y playas hasta encontrar dónde se puede celebrar?**

Por eso quiero tantísimo a mis amigos. Tienen las mejores ideas del mundo.

¡YA QUEDA MENOS!

SALUDOS SUPERDIVERTIDOS

Vale, en realidad han pasado unos días hasta que nos hemos reunido para encontrar el lugar ideal para la fiesta, pero es que organizar a tanta gente... no ha sido fácil. Entre que uno tenía clases de música o entreno de fútbol o qué sé yo, al final hemos tenido que buscar un poco de tiempo para reunirnos. Y el día que hemos podido quedar (martes por la tarde, después de clase) el cielo estaba nublado y hacía frío, pero no podíamos retrasarlo más, porque ¡ya solo quedan dos semanas para la fiesta! ¡Qué nervios! Ya podemos darnos prisa.

Nos hemos reunido todos a la puerta de la escuela, y ¿sabéis qué? Creía que vendrían mis amigos más cercanos, y que siendo cinco o seis nos las apañaríamos, pero al final..., ¡al final éramos como quince! Así que hemos hecho tres equipos para poder cubrir más terreno.

Al equipo número uno, formado por Sofía, Lucía, Hugo, Nico y yo, nos ha tocado explorar la zona del puerto de Marbella; al equipo número dos, el centro, y al equipo de los superexploradores (que en realidad es el equipo número tres, pero que se han querido cambiar el nombre porque decían que tres no les gustaba), la zona de cerca de la escuela, donde hay muchos parques y lugares espaciosos para poder reunir a mucha gente.

EMPIEZA LA BÚSQUEDA

Cuando ya sepamos el lugar de la fiesta, ¡seguiré escribiendo!

Bueno, ahora sí que me he metido en un buen lío, pero ¡cualquiera habría hecho lo mismo que yo!

No, en serio, un lío de los gordos.

Todo ha empezado cuando el equipo número uno, el mío, hemos salido en dirección al puerto de Marbella.

Vale, ¿he hablado alguna vez de mi ciudad? Seguro que sí, en algún vídeo, pero es que me podría pasar horas haciéndolo. Me ocurre un poco como con mi escuela, que creo que es la MEJOR DEL MUNDO (supongo que cualquiera piensa que su ciudad es la mejor del mundo, pero ¡yo tengo razón!). Primero, porque es una ciudad supertranquila, ni muy grande ni muy pequeña. Se puede ir a pie y a patinar, puedo jugar tranquilamente con mis amigos por la calle y a la vez es una ciudad donde se

MARBELLA

pueden hacer un montón de cosas: hay discotecas, restaurantes, se puede..., pues por poder, ¡se puede hasta jugar al golf! A mi familia nos encanta el golf y siempre vamos a un club que queda cerca de casa a jugar. Además, las calles y los edificios son nuevos y están bien cuidados, y los parques también, y además la ciudad está rodeada de naturaleza, aunque lo que más me gusta es el puerto.

A mí me ENCANTA el puerto. ¿Cómo podría no gustarme? Está el mar, y los muelles y los barcos, y la gente viene a pasear (si hace buen tiempo) y a comer (si hace buen tiempo y mal tiempo igual, ¡porque se come genial!). También me gusta ver volar a las gaviotas cerca del mar. Las gaviotas me gustan tanto que tengo todo el cuarto de baño decorado con gaviotas. Y eso que una vez una gaviota me dio un susto que...

LA HISTORIA DEL DÍA QUE MARTINA SUFRIÓ EL TERRIBLE ATAQUE DE UNA GAVIOTA

Ocurrió hace años, cuando era pequeña. Fue en verano. Había salido con mis padres a pasear (porque nos encanta pasear por el puerto, ya lo he dicho, el mar, las olas, el viento...) y había cerca del paseo marítimo una heladería que hacía los mejores helados del mundo. Del mundo mundial. Aunque seguro que en cada ciudad hay una heladería donde dicen lo mismo, tenéis que creerme a mí también en este tema.

En fin, que mis padres me acababan de comprar un helado de chocolate y fresa y yo me lo estaba comiendo tan contenta mientras paseábamos. Y por allí había muchas ga-

viotas. Si alguien cree que las gaviotas solo comen pescado, ¡se equivoca! Porque en medio del paseo marítimo, de repente ¡se abalanzó una gaviota y se llevó mi helado! Imaginaos, yo me quedé allí, superquieta, mirándome la mano, sin helado y sin nada, mientras la gaviota se alejaba volando con mi helado de fresa y chocolate.

Después de esa experiencia, a mucha gente le habrían dejado de gustar las gaviotas, pero ¡a mí no! Primero, porque mis padres me compraron otro helado y al final salí ganando, porque me comí el medio que me robó la gaviota y otro entero. Segundo, porque... ¿cómo no me iba a gustar un pájaro TAN LISTO que prefiere un helado de fresa y chocolate al pescado?

En fin. Tenemos un puerto muy grande, que es donde hemos llegado mi equipo y yo, pero enseguida nos hemos dado cuenta de que allí no podríamos celebrar la fiesta. ¿Y por qué? Pues porque el puerto está muy bien si tienes un barco o para pasear, pero ¿una fiesta?

Pues una fiesta no, porque en el puerto no hay ningún espacio lo bastante amplio, y si hiciéramos la fiesta en uno de los muelles, alguien acabaría por caerse al agua (con la ropa puesta. ¡Y con el móvil!) y eso sería UN DE-SAS-TRE. Así que nos hemos ido a la playa.

Y eso ya es otra cosa, la verdad. Si yo, cuando pensé en planear la fiesta ya había pensado en la playa, porque a pesar de la arena, tiene un montón de ventajas: espacio de sobra, es gratis, está aislada. Y en realidad, aunque la fiesta vaya a ser en febrero, ¡si hace buen tiempo se está estupendamente!

Pero me estoy yendo por las ramas, ¿no? Porque ya he explicado un poco antes que me había metido en un buen lío, y ahora estoy aquí hablando de las maravillas de la playa. Voy a centrarme, lo prometo.

Vale, hemos llegado a la playa de la Fontanilla, que está al lado del puerto. Enseguida mi equipo (¡arriba equipo número uno!) y yo nos hemos puesto muy contentos.

Estábamos seguros de haber encontrado el lugar ideal y al instante nos hemos puesto a hacer planes. La única cosa buena de la arena de la playa, si vas a preparar una fiesta, es que puedes dibujar en ella, así que hemos comenzado a marcar cosas, como por ejemplo:

las formas de las mesas, cuántas mesas para comida necesitaríamos. También hemos puesto una marca para ver las zonas de baile que había propuesto Nico. Entonces Sofía ha pensado que incluso podríamos traer toallas para ponerlas sobre la arena. La playa es tan grande que hasta podríamos preparar juegos, ha añadido Hugo, tras lo cual enseguida ha gritado:

Hugo **¡Mirad! ¡Un perrito!**

Y es verdad, había un perrito SUPERMONO en la playa. ¡Era como una bolita de pelo! Una bolita de pelo pequeñita, de color marrón clarito casi blanco. Por supuesto, nos hemos acercado corriendo, porque no sé vosotros, pero yo no puedo resistirme a un cachorrito y sobre todo a uno tan adorable. Quiero decir que a mí me gustan todos los animales, pero, en serio, ese perrito se salía de monísimo.

Durante un rato hasta nos hemos olvidado de nuestra misión de preparar cosas para la fiesta porque Lucía, ha encontrado un palo y, cuando lo lanzábamos, el perrito lo iba a recoger enseguida, y era supergracioso.

Entonces me ha caído una gota de agua en la nariz. Ya sé que una gota de lluvia en la nariz no es muy grave, pero cuando comienzan a caer más, la cosa es completamente distinta.

En pocos minutos, ha comenzado a llover, primero flojito, pero luego cada vez más fuerte; tanto, que Sofía, que es la más sensata de todos, ha dicho que deberíamos irnos a nuestras casas porque si pillábamos un resfriado (*Especialmente tú, Martina*, ha dicho), ya no habría ni fiesta ni nada.

Pero cuando hemos decidido marcharnos, me he dado cuenta de una cosa: que en todo el rato que hemos estado jugando con el perrito, no hemos visto a sus amos. En realidad, como hacía tan mal día, ¡estábamos solos en la playa!

Entonces Sofía me ha llamado otra vez: *¡Vamos, Martina!* Mis amigos ya se estaban marchando. Hugo, que siempre es superprevisor, incluso se había puesto la capucha de la sudadera porque había empezado a llover mucho.

Y el perrito ahí, solito. Yo se lo he dicho a mis amigos, pero Nico ha replicado, con cara de absoluta convicción: *Seguro que están sus amos por el paseo, ¡no te preocupes!*

Es verdad que en el paseo junto a la playa todavía quedaba gente, pero a mí me ha parecido que la mayoría empezaba a marcharse para sus casas también, porque pasear con lluvia no es, que digamos, nada agradable. La verdad, el perrito estaba bastante tranquilo, tumbado en la arena, aunque nos miraba como si todavía tuviera ganas de jugar. Además, ¿quién podría abandonar a un perrito

Tan mono? Así que he tratado de convencerme de que igual sí, igual sus amos estaban en el paseo o tomando algo, y ya lo irían a recoger.

Al final he hecho caso a mis amigos, y deprisa y corriendo nos hemos ido todos para casa. Yo he llegado a la mía medio empapada, con la ropa llena de arena, sin poder quitarme de la cabeza al cachorrito de la playa. Mientras me descalzaba en la entrada (porque si llenaba la casa de arena, quizá mis padres comenzarían a sospechar algo), mi hermano peludo ha venido a saludarme, como siempre. Mi madre, desde el salón, me ha preguntado:

Mamá: **¿Cómo ha ido el estudio, Martina? ¿Te has mojado mucho?**

Vale, voy a confesarlo: como no iba a decirles a mis padres que pasaría la tarde buscando un lugar para celebrar la fiesta, les he dicho que estaría con Sofía estudiando. Que no es una mentira, claro. Ya sé que mentir está muy mal. En realidad, todo lo que les había dicho era cierto, que estaría con Sofía y que estaría estudiando… ¡El lugar ideal para celebrar la fiesta! ¿Veis? Todo *verdadísimo*.

Total, que le he dicho a mi madre que me había ido muy bien (también cierto al cien por cien), pero cuando he entrado en mi cuarto, donde se está muy bien y calentito, he vuelto a pensar en el perrito porque, en serio, no me ha parecido que estuviera con nadie más que con nosotros. Luego he mirado por la ventana y he visto que todavía llovía más, y no podía parar de pensar: ¿Y si de verdad está perdido o abandonado? ¿Y si le pasa algo mientras yo estoy aquí en mi casa tranquilamente?

Y no podía, de verdad, parar de pensar en todo eso. Quizá otra persona trataría de olvidar al perrito y la lluvia y todo, pero ¿yo? Yo no.

Así que me he puesto ropa seca, he sacado los libros de la escuela de la mochila y en su lugar he metido una toalla y los patines.

Yo: *¡Mamá! ¡Tengo que salir otra vez! ¡Me he olvidado unos libros en casa de Sofía!*

Entonces mi madre ha puesto cara de extrañada. Me ha contestado:

Mamá: *¿Con esta lluvia? Si te esperas un momento te llevo en coche.*

Yo: *¡No, no! ¡Si no hace falta! ¡Si voy y vuelvo en un segundo! ¡Medio segundo! ¡Volando!*

Lo cual al menos es verdad. Sofía vive muy cerca de mi casa. En ese momento he decidido recurrir a una táctica que no uso muy a menudo, porque es solo para momentos de verdadera necesidad: la sonrisa de SUPER-NIÑA buena. De niña requetebuena, que es una combinación perfecta de la de niña buena, más la sonrisa de no haber roto un plato.

No suelo usarla porque no quiero que mis padres se acostumbren a ella y ya no surta efecto, pero de veras que hoy era una situación desesperada.

Estoy segura de que mi madre ha dudado un momento. Me ha mirado otra vez, pero yo me he mantenido ahí, con mi sonrisa, sin rendirme. Y entonces al final ha dicho:

Mamá: **Pero ¡llévate un paraguas!**

He salido de casa antes de que mi madre se lo repensara, por si acaso, y ya en la calle me he puesto los patines. Porque claro que no he ido a casa de Sofía.

A ver, antes he dicho que me había metido en un buen lío, ¿verdad? Pues es por eso: he ido a buscar al perrito. Estoy segura de que mis padres, que también adoran los animales, me habrían dejado ir a buscarlo. En realidad, seguramente mi madre me habría llevado a la playa ella misma, pero no podía contarle qué hacía yo en la playa esta tarde, así que... En fin.

Gracias a los patines y a que, por culpa de la lluvia, casi no había nadie en la calle (y los pocos que había se me quedaban mirando extrañadísimos. Supongo que no habían visto jamás en la vida a una niña patinando a toda velocidad bajo una tormenta así), he hecho el trayecto desde mi casa a la playa en un tiempo récord. Lástima que también he llegado cuando la lluvia caía con más fuerza y estaba tan empapada que parecía que me hubiera zambullido vestida en la bañera, pero bueno.

Me he quedado un momento ahí, al borde del paseo marítimo. Incluso daba un poco de miedo ver cómo las olas batían contra la arena, ¡la tormenta era cada vez más fuerte!, y yo, vale que soy valiente, pero no nos pasemos.

¿Y el perrito? Pues no veía al perrito por ninguna parte. De repente me he sentido muy estúpida. Igual mis amigos tenían razón, y yo ahí, preocupándome, empapada y en mitad de la tormenta para nada.

Entonces he escuchado un ladrido. Era muy débil, casi no se oía por culpa de la tormenta. Con los patines puestos he entrado en la playa. Tengo que decir, en serio, que si alguien además de mí lee este cuaderno, nunca jamás en la vida intentéis caminar por la playa en patines, porque es MUY DIFÍCIL. Los patines se hunden y entonces hay que levantar muchísimo la pierna para dar un paso. Por suerte, no he tenido que caminar mucho: un poco más allá había unos arbustos que crecían en la arena y ¡allí estaba! Pobre perrito, empapado y asustado.

Y este es el lío en el que me he metido, porque he metido al perrito en la mochila y me lo he llevado a casa.

¡NO TENGO NI IDEA DE CÓMO VOY A APAÑÁRMELAS!

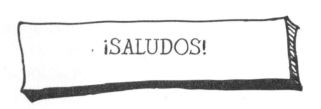

¡SALUDOS!

La buena noticia es que han pasado dos días y todavía nadie ha descubierto a Bolita.

Ese es el nombre que le he puesto: Bolita, porque en serio, parece una bolita de pelo. Todavía lo parece más cuando se acurruca para dormir, como ahora. Está dormido aquí a mi lado, y cuando lo llamo así no se queja, de modo que supongo que el nombre le gusta.

Bueno, rectifico, sí que hay alguien que se ha enterado de que Bolita está en mi habitación: mi gato Lili. En realidad, ya se dio cuenta tan pronto como regresé a casa. Vino a saludarme, se me quedó mirando mientras estaba de pie en la puerta, chorreando por culpa de la lluvia. Entonces mi hermano peludo bufó (que es lo que hacen los gatos cuando están enfadados: enseñan los dientes y hacen ¡BFUUU-

UUUUUUUUUUUU-UUU!), no a mí, sino a la mochila donde estaba Bolita.

Lo bueno es que como es un gato no ha podido chivarse a nadie.

Y por si acaso tengo que esconder a otro perrito en mi cuarto otra vez, voy a apuntar aquí, aunque esto sea el cuaderno de preparativos para la fiesta, algunos consejos que me han sido útiles.

CONSEJOS PARA TENER UN PERRITO ESCONDIDO EN CASA SIN QUE NADIE SE ENTERE

✮ Que no lo vea nadie. ¿Que es superevidente? Pues sí. Pero también es lo más importante. Yo lo que he hecho es rescatar del fondo del armario una cosa fantástica: una carpa, como de circo, de juguete. Cuando era más pequeña jugaba mucho con ella, pero como es bastante grande la tenía guardada porque ocupa demasiado espacio en la habitación. Pues bien, después de llegar a casa con Bolita (y meterme corriendo en mi cuarto para que nadie se diera cuenta de que estaba empapadísima y de que llevaba a un perro en la mochila, me acordé de la carpa y la monté. Como tiene una cremallera en la puerta, Bolita no puede escaparse.

✩ Tiene que estar cómodo. Dentro de la carpa le he puesto una camita vieja que era de Lili (¡le regalamos una nueva para Navidad!) y también dos cuencos, uno con comida y otro con agua. El primer día tuve que ponerle comida de gato, hasta que pude comprar comida para perros, pero a Bolita no pareció importarle mucho (a Lili sí. Estoy convencida de que mientras cogía un poco de su pienso para Bolita, mi hermano peludo me estaba mirando mal).

✨ ¡También tiene que salir de vez en cuando! Vale que Bolita, como solo es un cachorro, se pasa medio día durmiendo. Eso me va genial, porque así está tranquilo el rato que yo estoy en la escuela, pero también necesita entretenerse. ¡A ver cómo estaría yo si me tuvieran encerrada en una carpa de circo de juguete todo el día! Por suerte *suertísima*, mi cuarto, que es uno de mis lugares favoritos del mundo, tiene un balcón además de la ventana desde la que se ve el mar. No es muy grande, pero bueno, Bolita tampoco lo es. Lo he sacado a estirar las patas siempre que he podido, y a jugar con los juguetes viejos de Lili también...

¡AY! ¡QUE OIGO PASOS QUE SE ACERCAN!

Vale. Por los pelos. Ha entrado mi hermana Florencia en mi habitación. Suerte que he tenido tiempo de meter a Bolita en la carpa y, además, como es un perrito muy listo, se ha quedado allí quieto sin hacer ruido. Mi hermana ha preguntado si estaba bien, si quería hacer algo con ella (podemos hacer una sesión de karaoke en el salón o jugar a algo, ha dicho).

Luego se ha quedado mirando la carpa. Juro que en ese momento me ha dado UN RESPINGO el corazón.

Hermana: **Pensaba que ya no jugabas con eso.**
Yo (sonrisa de no haber roto un plato)**: Bueno, es que la encontré el otro día en el fondo del armario y me pareció gracioso montarla otra vez...**

Florencia: **Bueno, la verdad es que es muy chula, podrías...**

Entonces mi hermana ha dado un paso hacia la carpa. HACIA LA CARPA DONDE ESTÁ BOLITA ESCONDIDO, POR SI ALGUIEN NO SE ACUERDA.

Florencia: **oye, seguro que puedes hacer algún vídeo con ella. Seguro que se te ocurre alg...**

Mi pobre hermana no ha podido acabar la frase, porque yo me he puesto delante de ella. ¡No podía dejar que se acercara a Bolita!

Como mi hermana me ha mirado raro, he empezado a decir:

Yo: **OSTRASCLAROVALEMUYBIENTIENES-RAZÓNESUNAIDEAESTUPENDAYATE-DIRÉ.**

Juro que ha sonado así, todas las palabras juntas, pero es que estaba muy ocupada empujando a mi hermana fuera de la habitación. Me ha sabido un poco mal, porque ha puesto una cara como de pena, pero por fin me ha dejado sola. La verdad, hace días que mi hermana está extracariñosa conmigo y me pregunta cómo estoy y si quiero que hagamos cosas juntas. Yo creo que está preocupada porque se piensa que sigo enfadada con mis padres por lo de la fiesta. Que sigo enfadada, está claro, porque es INJUSTO, pero lo que no sabe ella es que estos días apenas salgo de la habitación por Bolita, no por el enfado. De todas formas, para que no se sintiera tan mal, he vuelto a abrir la puerta de la habitación y he gritado, para que me escuchara:

Yo: *¡ESQUETENGOQUEESTUDIARYESTOY MUYOCUPADA!*

Lo del estudio sí que es verdad. Porque aunque vaya a celebrar la fiesta igualmente, también pienso cumplir mi promesa de sacar las mejores notas de la historia, no lo olvido.

¡SALUDOS DIVERTIDOS!

Bien. Ya han pasado tres días y todavía nadie ha descubierto a Bolita, aunque mis padres comienzan a extrañarse porque mi hermano peludo Lili, que antes solía pasarse el día durmiendo en mi cuarto, ahora ya no lo hace. Además, de todas formas, Bolita no es mío, así que es hora de intentar encontrar a sus dueños, y por el momento voy a cambiar el nombre de este cuaderno. Desde ahora ya no es el CUADERNO PARA LOS PREPARATIVOS DE LA fiesta, sino:

CUADERNO OPERACIÓN «ENCONTRAR A LA FAMILIA DE BOLITA»

Lo primero, hacerle una foto a Bolita. Lo cual ha resultado casi imposible. Lo he sacado al balcón y al principio se ha quedado sentadito, pero cuando ha visto que sacaba el móvil se ha puesto a correr. ¡Me parece que pensaba que mi teléfono era un juguete! Lo he intentado todo, le he dicho que se sentase (le estoy enseñando a sentarse), y luego he probado a darle una chuche para perros y al final me he desesperado y he hecho la foto como he podido mientras le decía: *Bolita, no, ¡quieto! ¡Siéntate!* (pero en voz muy bajita, claro, para que no me escucharan mis padres).

Vale, como al final no ha habido manera de que Bolita se quedara quieto NI UN SEGUNDO, las fotos no han quedado nada bien. Tendré que explicar cómo es en el texto. Porque lo segundo que necesito es un texto que acompañe la fotografía, algo así:

✮ encontrado el martes en marbella este perrito. es marrón clarito casi blanco (se ve en la foto) y es muy pequeñito. buscamos a sus propietarios.

✮ el pasado martes encontramos a este perrito en la playa de marbella. es muy pequeñito y le encanta jugar a traer la pelota. ¿alguien sabe de quién es?

✮ este perrito estaba en la playa de la fontanilla de marbella el pasado martes por la tarde. es marrón clarito, parece una bolita, y tiene los ojitos negros y...

Vale, un momento. Acabo de buscar por internet y me parece que ya sé de qué raza es Bolita. No me ha resultado muy difícil saberlo, la verdad. Buscas «razas de perro que parecen bolitas de pelo» y te sale de los primeros. Creo que saber la raza me va a ayudar con el texto. Me parece que el texto final podría quedar así:

✦ el día 5 de febrero encontré en la playa de la fontanilla de marbella a este perrito. Parece un cachorro de la raza pomerania (no se ve muy bien en la foto, es que no paraba de moverse, pero en realidad es muy bueno, pobre bolita. Solo se pensaba que quería jugar), pero es de color marrón clarito, muy pequeño. buscamos a sus propietarios.

Y la última cosa que necesito: ¡ayuda! ¡Mucha ayuda! Sé que ya pedí que mis amigos colaboraran con lo de la fiesta, pero esto es todavía más importante. Estoy segura de que no me van a decepcionar.

Yo: ¡Hola, chicos y chicas! ¡Necesito vuestra ayuda otra vez! ¡Y la necesito más incluso que hace unos días! Os mando un mensaje y unas fotografías y necesito que las compartáis ¡en todas, todas, todas partes! ¡En Facebook! ¡Por WhatsApp! ¡Lo que se os ocurra!

¡Estoy alucinada! ¡Me ha respondido más gente incluso que para la fiesta! Todo el mundo ha compartido la fotografía en las redes sociales; incluso una de las chicas que van a equitación conmigo, que es voluntaria en la protectora de animales de Marbella, lo ha puesto en su página web. ¿Lo ves, Bolita? (me he metido en la carpa de juguete con Bolita para hacerle compañía y cuando le hablo le-

vanta la cabeza. Es supergracioso). ¡Vamos a encontrar a tu familia! Si en unos minutos ya lo ha compartido tanta gente, seguro que en un par de días lo sabrá todo el mundo. Además, Nico acaba de tener una idea, ¡y es tanto o más buena que cuando propuso lo de los altavoces de móvil para la fiesta!

Nico dice: *¡Hola, Martina! Oye, ¿y si ponemos carteles? Mi perro se perdió hace años y además de internet usamos carteles porque ¡no todo el mundo usa internet! Puedo imprimir el mensaje en mi casa y ¡nos repartimos para colgarlo! ¿Qué te parece?*
Martina dice: *En serio, ¡eres genial! ¡Qué buena* idea!

De inmediato me he puesto a mandar mensajes a todo el mundo para reclutar voluntarios, y quiero decir que me he emocionado un poco, porque todos mis amigos se mueren de ganas de ayudar.

¡LA OPERACIÓN «ENCONTRAR A LA FAMILIA DE BOLITA» YA ESTÁ EN MARCHA!

¡SALUDOS!

En serio, no se pueden tener mejores amigos en el mundo. Aprovechando que hoy es sábado nos hemos reunido otra vez un montón de gente para intentar encontrar a la familia de Bolita. ¡Incluso ha venido Bolita! Bueno, lo he traído yo, porque cuando he salido de casa ¡no iba a dejarlo! Estos últimos días como mis padres estaban trabajando, pues no había problema, pero me ha parecido que era mejor no arriesgarse a que entraran en mi habitación y lo encontraran. He metido a Bolita en la misma mochila que usé para traerlo a casa y he dicho a mis padres que había quedado con mis amigos (que es totalmente verdad).

Hemos usado el mismo sistema que cuando nos reunimos para buscar el lugar ideal para la fi♥esta: ¡equipos! Pero esta vez les hemos puesto mejores nombres:

¡EEEQUIPO
DE LAS RESCATADORAS!

Porque somos todas chicas: Sofía, Daniela, Athina, Ariana y yo. El nombre es porque fui yo quien rescató a Bolita.

¡EEEQUIPO DE LOS
VENGADORES!

Porque son superhéroes y porque están dispuestos a salvar gente: Nico, Hugo, y hoy también se han presentado Jaime y Tom.

También haremos como la otra vez, y nos vamos a repartir zonas de Málaga para cubrir cuanto más terreno mejor.

97

Además, Nico ha traído un montón de co-
pias del cartel de Bolita, y Sofía, que siempre
piensa en todo, ha traído cinta adhesiva. Por si
acaso, todos le han hecho una foto a Bolita
con el teléfono para poder enseñarla a la gen-
·te (como lo estaba sujetando, no se ha movido
tanto y se veían mejor que las del cartel). Con
suerte, ¡alguien lo va a reconocer!

¡nos ponemos en marcha!

¡SALUDOS DEL EQUIPO DE LAS RESCATADORAS!

Vale, no hay que desanimarse. Hemos puesto un montón de carteles. No exagero, igual más de cien: en paredes, en farolas, incluso en tiendas. Al final incluso hemos desarrollado un SISTEMA para ir más rápido:

Yo (entrando en una tienda): **¡Hola, buenos días!**
Persona de la tienda: **¡Buenos días! ¿En qué puedo ayudaros?**
Yo (sonrisa de niña buena. Funciona con todos los adultos, no solo con los padres): **¿Les importa si pegamos un cartel en la puerta de la tienda? Es que encontramos a este perrito perdido** (y entonces yo me daba la vuelta. A Bolita parece que le encanta la mochila porque se ha pasado la mañana ahí. He abierto un poco la cremallera para que pueda sacar la cabeza) **y estamos buscando a sus dueños.**

Entonces cuando la persona de la tienda nos decía que sí, mis amigas ya hacía un rato que habían comenzado a pegar el cartel (porque ¿quién va a decirle que no a un grupo de niñas tan geniales como nosotras y a un perrito tan mono como Bolita?) y lo tuvimos todo listo en dos segundos.

Cuando hemos repartido todos los carteles, los dos equipos nos hemos reunido otra vez en el parque de la Alameda, que está en el centro, cerca de las playas. Estábamos AGOTADOS de recorrer toda la ciudad durante horas, pero la verdad... a ninguno de nosotros nos importaba, porque estábamos agotados por una buena razón.

¡OJALÁ TENGAMOS SUERTE!

¡SALUDOS DIVERTIDOS!

¡Hemos recibido una llamada de la dueña de Bolita!

¡En serio! ¡El plan ha funcionado! Justo cuando ya nos estábamos preparando para regresar cada uno a nuestras casas, me ha comenzado a sonar el móvil. Creía que serían mis padres, pero no, era un número que no tenía guardado en los contactos, así que he contestado. ¡Estaba supernerviosa!

Yo: **¿Hola?**
Athina, Ariana, Nico, Hugo, Sofía, Daniela, Jaime, Tom: **¿Quién es? ¿Quién es?**

He tenido que pegarme mucho el teléfono al oído porque de repente todos mis amigos se me han echado encima preguntando. ¡Impacientes!

Señora: *¡Hola! ¡Llamaba porque he visto un anuncio sobre un perrito!*

Yo *(supercontenta. Mis amigos estaban todos a mi alrededor escuchando la llamada, pero por fin he conseguido que se callen):* **¡Sí! ¿Es usted la dueña de Bolita?**

En realidad, he tenido que hacer callar a mis amigos otra vez porque se han puesto a gritar de la emoción. Casi no podía escuchar a la señora, pero estaba contentísima, se le notaba en la voz. Ha dicho que quería recuperar a Bolita cuanto antes, y resulta que esta señora vive aquí mismo, en Marbella ¡Genial!

Señora: ¿Puedo venir a recogerlo ahora mismo? En media hora puedo estar ahí.

Media hora es un poco más de lo que esperaba. Ya se nos ha hecho tarde y es casi hora de comer, pero ¡todo sea por que Bolita regrese a su casa sano y salvo! Así que le he dicho a la señora que estábamos en el parque de la Alameda y he supuesto que a mis padres no les importaría si llegaba un poco más tarde.

Estoy súper supercontenta de que el plan haya funcionado y que hayamos encontrado a la familia de Bolita.

Bueno. También un poco triste. ¡No debería estarlo! Pero... es que ha estado ya uno cuantos días en casa y nos hemos hecho muy amigos, pero *Martina*, me digo. *Sé fuerte. Bolita estará mucho mucho mejor con su familia.*

Hugo acaba de acercarse corriendo. Hay una señora que viene hacia nosotros.

¡LA OPERACIÓN «ENCONTRAR A LA FAMILIA DE BOLITA» HA SIDO UN ÉXITO!

¡SALUDOS!

¡AY! ¡LO QUE HA OCURRIDO!

En realidad, todavía me retumba el corazón del susto, por eso he tenido que sentarme un rato.

Aquella señora que me había llamado se ha acercado a mis amigos y a mí, ¿vale? Era una señora un poco mayor, rubia, y llevaba muchas joyas y gafas de sol. Era una de esas personas que toman tantísimo el sol que la piel incluso se les queda medio de color naranja. De todas formas, como está mal juzgar a las personas por su aspecto, enseguida he abierto la mochila y he dejado a Bolita en el suelo. ¡Imaginaba que al ver a su dueña iría corriendo hacia ella!

En serio, me imaginaba que la cosa iría así:

Yo: *Dejo a Bolita en el suelo*.

Bolita: *Ve a la señora. Se pone SÚPER SUPER-CONTENTO, ladrando, moviendo la cola, y va corriendo hacia ella*.

Señora rubia de las joyas: *Se pone a llorar de la emoción, se agacha para que Bolita se lance a sus brazos*. ¡BOLITAAAAAAAAA!

Bolita: *Salta en brazos de la señora, y ladra y mueve muchísimo la cola y todo el mundo está muy feliz*.

Pero en vez de eso, Bolita se ha acurrucado a mis pies. Sin embargo, la señora, cuando ha llegado a nuestro lado, ha dicho:

Señora rubia de las joyas: ¿Sois vosotros los niños que habéis puesto los carteles del perrito?

Mis amigos y yo hemos contestado enseguida que sí y entonces la señora ha visto a Boli-

ta, que seguía pegado a mí, y se ha puesto súper, supercontenta.

Señora rubia de las joyas: **Pero ¡si está aquí! ¡Hola,
Bolita! ¡Hola! ¡Ven con mami!**

Y Bolita todavía se ha quedado un momento sentado junto a mí, pero luego se ha acercado a saludar a la señora, moviendo la cola,
contento. Suerte que él estaba contento, en
serio, porque yo me estaba poniendo supertriste otra vez.

Entonces la señora ha agarrado a Bolita en
brazos y a mí la situación me estaba parecien-
do un poco rara porque:

⭐ Bolita realmente no se había acercado a
su dueña en un primer momento.

⭐ La señora no nos había preguntado ni
dónde lo habíamos encontrado, ni si estaba
bien, ni nada. Vamos, si mi hermano peludo
se perdiera, lo primero que haría después de
encontrarlo es preguntar todas esas cosas y
más.

Y ya ha sido peor cuando la señora, de repente, ha dicho:

Señora rubia de las joyas: **¡Bueno! ¡Pues muchas
gracias por encontrar a Bolita!**

Y se ha dado la vuelta para marcharse.
Vale, un momento. Mis amigos se han quedado igual de extrañados que yo, pero es que
encima, encima había algo que no me cua-
draba para nada.

¡Bolita!

¡Claro!

«¡Bolita!», he gritado yo, y entonces me he girado hacia mis amigos.

Yo: *¡Lo ha llamado Bolita! ¡Y Bolita es el nombre que le puse yo cuando lo encontramos! ¡Seguro que no se llama así de verdad, pero la señora lo ha llamado Bolita y se lo ha llevado! PERO NO SE LLAMA ASÍ.*

¡NO ES LA DUEÑA DE BOLITA!

En ese momento, Bolita se ha puesto a ladrar porque, claro, él sabía que esa señora no era su dueña, ¡sino una extraña que quería llevárselo!

Y la señora que seguía alejándose.

Yo me he girado hacia mis amigos. ¡Teníamos que hacer algo! ¡Teníamos que trazar UN PLAN!

Pero como no había tiempo, hemos salido corriendo hacia la señora.

No sabíamos muy bien qué hacer, así que

hemos improvisado. Primero, Daniela, Hugo, Sofía y Tom, que son los más rápidos, se han puesto frente a la señora para que los demás tuviéramos tiempo de llegar. Entonces he llegado yo. Pobre Bolita, ¡estaba ladrando desesperado! Incluso intentaba saltar de los brazos de la señora, pero yo tenía que encontrar la manera de recuperarlo sin que se hiciera daño, así que he puesto la sonrisa de siempre, la que hace que los adultos siempre me crean.

Yo: **¡Ayyyyyy, señora!** (*Como era cuestión de vida o muerte, he hecho la MEJOR sonrisa de niña superbuena de la historia.*) **¿Le importa que nos despidamos un momento de Bolita antes de que se lo lleve? Porque claro, como ha estado unos días conmigo, pues ya le tengo mucho cariño...**

La señora no parecía nada contenta. Si fuera su dueña, seguro que no le habría importado, pero ahora yo ya estaba segura de que no lo era. ¡Seguro que había visto los carteles y había pensado: ¡Ay, qué perrito más mono! ¡Pues me lo quedo!

Pues no. Prometimos devolver a Bolita a su

familia de verdad. Y yo siempre cumplo mis promesas.

Señora rubia y encima MENTIROSA: **Ay, niña, no sé, es que míralo cómo está de nervioso el pobre Bolita. Por qué no le decís adiós y ya está, ¿eh?**

Yo: **Porfavorporfavorporfavorporfavor...**

Y mis amigos también han comenzado a decir lo mismo.

Entonces Nico, que debió de darse cuenta de que la cosa no iba bien, le ha dado un empujón SUPERDISIMULADO a la señora, como sin querer. Y ya ha sido suficiente. La señora se ha pegado un susto y yo he aprovechado el momento para quitarle a Bolita de las manos.

Y a correr. Para despistarla, hemos corrido cada uno en una dirección distinta.

Creo que no había corrido ni tan rápido ni tanto tiempo en toda mi vida. Por eso y porque todavía estaba supernerviosa me he tenido que parar un momento a descansar. Estoy en la calle, bastante cerca de casa, pero es que he visto un banco, estoy tan cansada que las piernas me tiemblan y he decidido sentarme.

Además, en todo el rato que he estado aquí, mi teléfono no ha parado de sonar. Estoy segura de que es la señora mentirosa de las joyas, así que ni siquiera he sacado el móvil del bolsillo. Seguro que me está llamando para que le lleve a Bolita otra vez, pero no voy a hacerlo. No, Bolita no (el pobre también hace cara de cansado. Se ha acurrucado dentro de la mochila), ¡no te voy a dar a cualquiera! ¡Solo a tu verdadera familia!

Ah. Pues no. Pues sí que tengo un montón de llamadas, pero son de mi madre.

CREO QUE TENGO PROBLEMAS,
Y DE LOS GORDOS.

Tengo una noticia mala y otra buena.

La mala primero: cuando después de rescatar a Bolita llegué a casa, estaban mis padres esperándome. Y tenían los dos los brazos cruzados y unas caras muy enfadadas.

AVISO: BRAZOS CRUZADOS: MALA SEÑAL.

Yo intenté escaparme lo más rápido posible hacia mi cuarto, pero entonces mi padre se levantó. Y me di cuenta de que en el salón también estaban la camita y los juguetes que tenía escondidos para Bolita dentro de la carpa de mi habitación.

¡ME HABÍAN DESCUBIERTO!

Y en ese momento mi padre se puso a gritar:

MARTINA VALERIA (*BRAZOS CRUZADOS* ¡MÁS LOS DOS NOMBRES! «¡CO-RRE, MARTINA, CORRE!») *¡¿QUÉ SIGNIFICA ESTO?! ¿DÓNDE HAS ES-TADO? ¡ESTÁBAMOS PREOCUPADÍSIMOS!*

Prometo que no soy una llorica. De verdad que no. Siempre he dicho que soy valiente y que casi nunca me desanimo, pero es que a veces ¡UNA NO PUEDE MÁS! ¡NI UN POQUITO!

Ya ni recordaba la última vez que me eché a llorar de esta forma. Me quedé ahí, en medio del salón, todavía con la mochila a cuestas y con Bolita, que estaba dentro, intentando salir porque se había asustado con los gritos.

Pero ¡también hay una buena noticia! Y es que claro, en cuanto me puse a llorar, mis padres, aunque seguían enfadados, me preguntaron qué me ocurría y yo entonces se lo expliqué todo.

TODO.

Bueno. Todo no. Lo de la fiesta no, porque ya tenía bastante con que me regañaran por tener a Bolita escondido en casa. Si tenían que hacerlo encima por lo de la fiesta..., pero sí, les conté cómo habíamos encontrado a Bolita y cómo había salido a buscarlo en plena tormenta, y luego lo que había ocurrido aquella mañana con el equipo para buscar a los verdaderos propietarios y la señora de las joyas.

¡Y entonces sonó mi teléfono otra vez! Me pegué un susto de muerte, porque al ver el número, me di cuenta de que esta vez sí se trataba de la señora que había dicho que era la dueña de Bolita pero que NO LO ERA. Pero luego ocurrió algo genial, y es que mi madre, al ver la cara que ponía, decidió responder ella.

No tengo ni ♡idea de qué le comenzó a decir aquella señora, pero entonces mi madre le respondió:

Mamá: **Bueno. Si es usted la dueña del perrito nos podrá enviar pruebas que lo demuestren, ¿verdad? Alguna fotografía, quizá...**

De repente la señora se quedó supercallada. Mi madre respiró muy hondo, que es lo que siempre hace cuando se enfada y le preguntó:

Mamá: **Al menos me podrá decir el nombre del perro, ¿verdad?**

Y entonces la señora de las joyas COLGÓ EL TELÉFONO. Luego mis padres me hicieron un discurso sobre que debí haberles avisado. Que por supuesto, de haberles avisado me habrían ayudado desde el principio porque no iban a dejar al pobre Bolita abandonado en la playa.

Pero la buena noticia...

¡LA BUENA NOTICIA ES QUE
PODEMOS QUEDARNOS A BOLITA!
AL MENOS HASTA QUE APAREZCAN
SUS DUEÑOS DE VERDAD.

Puede que mis padres estuvieran superenfadados conmigo, pero son TAN TAN TAN BUENOS que enseguida me dijeron que por el momento cuidaríamos nosotros de Bolita. ENTRE TODOS.

¡SALUDOS DIVERTIDOS

de mi parte y de Bolita, que ya
es miembro oficial de la familia!

CÓMO SE HA ADAPTADO BOLITA

Ya hace unos días que Bolita es miembro oficial (pero temporal) de la familia, ¡y se ha adaptado genial! Se pasa el día siguiéndome por casa, y cuando no estoy yo, sigue a mi padre y a mi madre. Y será que le ha gustado, porque cuando es la hora de dormir, se mete en su camita que sigue dentro de la carpa de circo de juguete.

¡Incluso le estoy enseñando cosas! Por ejemplo, a sentarse. Yo no tenía ni idea de cómo enseñarle cosas a Bolita, pero es super-fácil, de verdad.

CÓMO ENSEÑAR TRUCOS A UN PERRITO: QUE APRENDA A SENTARSE

Vale, lo primero y fundamental: ¡GOLOSINAS! Para enseñar-le los trucos a un perrito lo primero que hay que te-ner son chuches para perros. Son para que, cuando haga algo bien, le des un premio y así aprende más rápido.

Segundo: ¡TIEMPO! ¡No se aprende todo en un día!

Entonces, cuando ya se tiene tiempo y las golosinas, hay que llamar al perrito:

Yo: *¡Bolita! ¡Bolita, ven!*

Entonces, Bolita viene, claro, porque perrito sí, pero tonto no es, y ya se ha olido que ocurre algo interesante.

En el momento en que Bolita (o cualquier otro perro en realidad) está atento, hay que enseñarle la golosina. PERO ¡¡¡¡¡¡NO HAY QUE DÁRSELA TODAVÍA!!!!!! Ya sé que es terriblemente difícil porque pone cara de pena, pero NO. Lo que hay que hacer es esperar a que Bolita se canse de estar de pie y cuando se siente él solo, decirle: SIÉNTATE. Y repetirlo. Y repetirlo. Porque así, cada vez que se siente escuchará la palabra, y entonces, con el tiempo, ¡entenderá que la palabra «SIÉNTATE» quiere decir que se siente!

Así, poco a poco aprende cosas. ¡En estos días Bolita ya está aprendiendo a sentarse, a tumbarse y a quedarse quieto! ¡Y se lo he enseñado yo!

Igual cuando sea mayor podría dedicarme a esto: MARTINA VALERIA, ENTRENADORA PROFESIONAL DE PERROS. ¡Suena bien!

Entrenador de perros es una profesión, ¿verdad? Hummmmmmmmm.

¡SALUDOS DIVERTIDOS!

Uy, por qué poco. Han venido mis hermanos a conocer a Bolita. Yo estaba tan tranquila en mi cuarto cuando mi hermana mayor ha entrado para enseñarme una pelotita que ha traído como regalo. ¡Y a Bolita le ha encantado! Se ha puesto supercontento, la verdad. Hablando de estar conten-tos..., el que no lo está mucho es mi hermano peludo número uno, Lili. Siempre mira a Bolita desde lejos, y cuando Bolita se le acerca, por-que el pobre solo quiere jugar, se marcha. Aunque seguro que acaban llevándose bien. Seguro que al final se hacen superamigos y todo. Yo le estaba dando gracias por la peloti-ta cuando mi hermana ha dicho de repente:

Florencia: **¿Y eso qué es?**

¡Y eso era mi cuaderno! ¡Este cuaderno! ¡El de las ideas para la fiesta donde pone en grande ideas Para la fiesta en la portada!

Yo, claro, primero me he puesto supernerviosa y luego he intentado disimular:

Yo: **¡Nada! ¡No es nada de nada!**

Y luego he guardado el cuaderno rapidísimamente en uno de los cajones de mi escritorio. Espero que mi hermana no se haya dado cuenta de nada, porque con todo lo que ha ocurrido con Bolita, el rescate y demás, me había olvidado un poco del cuaderno, pero EL PLAN DE LA fiesta SIGUE EN PIE.

En serio. Ahora que todo lo de Bolita está solucionado...

¡PREPARATIVOS!

En realidad, parece que no, pero hay un montón de cosas que ya están preparadas:

✨ LA MÚSICA: Como propuso Nico, usaremos teléfonos móviles con amplificadores y habilitaremos varias zonas de música y baile.

✨ LA COMIDA: ¡Cada uno que traiga algo! Así será mucho más variado y rico. El único requisito es que sea comida que no ensucie mucho y que se pueda comer con las manos, por ejemplo: bocadillos, bolsas de patatas, galletas... Tom se ofreció a preparar una tarta (¡se ve

que le gusta cocinar! ¡Lo tenía muy escondido!) y
seguro que le quedará
buenísima, aunque yo
si pudiera elegir una
tarta sería más o menos así:

LA TARTA PARA LA fiesta

SABOR: ¡Fresa y chocolate! Me gusta de dos formas: o bien que lleve dos bizcochos de sabores distintos, o bien con mermelada de fresas dentro de un bizcocho de chocolate. Ñammm.

FORMA: Me gustaría tener una tarta de varios pisos, cubierta con *fondant* (el *fondant* es esa pasta de azúcar con la que se hacen figuritas en repostería).

DECORACIÓN: La verdad, lo que me encantaría es que la tarta fuera de color rosa (¿de qué color si no? El rosa es mi color favorito) y que la decoración estuviera relacionada con todo lo que a mí me gusta: la ropa, patinar, los animales, el baile y la música...

Hum. Puedo preguntarle a Tom si se atrevería con una tarta de esas. ¡Igual dice que sí!

EL LUGAR DE LA fiesta: Después de mucho pensarlo, he decidido que la fiesta sea en la playa. Todavía me acuerdo de la tormenta cuando rescaté a Bolita, pero ya sería muy mala suerte que hiciera tan mal tiempo. Y la playa es el único lugar que se me ocurre donde podamos estar sin molestar a nadie y poner la música, colocar las mesas...

Un momento. ¿Vamos a necesitar mesas? Pues claro que sí, para la comida, ¡no voy a tener a los invitados sentados en el suelo... No lo había pensado.

Lo malo es que...

¿DE DÓNDE SACO YO MESAS PARA TODOS LOS INVITADOS?

¡Tengo la solución para las mesas! En realidad, la tenía enfrente todo el tiempo, y no me había fijado. Esta fiesta va a ser... ¡UNA fiesta DE ACAMPADA! No, mejor: UNA fiesta DE ACAMPADA DE CUMPLEAÑOS.

La idea se me ha ocurrido hoy en casa. Estaba estudiando... vale, estaba estudiando (¡no me olvido!) mientras le daba vueltas al problema de las mesas y entonces me he fijado en Bolita, que dormía tranquilamente en su camita dentro de la carpa de juguete que usé para esconderlo. Y me he dicho: *Anda que no se lo pasa bien Bolita ahí dentro*, y luego me he dicho: *Martina, anda que no te lo pasabas tú bien en la carpa de juguete cuando eras más pequeña*. Y ¡ZAS! Me ha venido la idea. Yo puedo llevar la carpa de juguete (lo siento, Bolita, te quedarás sin ella un rato) pero estoy segura de que mis amigos, si las tienen, pueden llevarlas también, y si no tienen carpas, pues tiendas de campaña, y si no... ¡incluso podríamos fabricarlas nosotros mismos con telas y palos! Entonces llevaríamos también cojines y almohadones para poder sentarnos. No necesitamos mesas para la fiesta, los invitados pueden sentarse dentro de las tiendas para comer.

¿Es buena idea o no es buena idea?

Entonces, si hiciera buen tiempo, ¿podríamos quedarnos incluso a dormir allí?

¡ES UNA idea BUENÍSIMA!

LAS CARPAS DE LA fiesta

Por si fuera poco, acabo de pensar en una cosa más: ¡carpas temáticas! Si tenemos suficientes carpas, no tienen que ser solo para comer: ¿Y si hubiera una para comida? ¿Y una para maquillarse? ¿Y una para guardar los regalos? ¿Y otra para descansar?

¡¡¡será genial!!!

ALGUNOS JUEGOS PARA LA fiesta

Lo he estado pensando y definitivamente necesitaremos más actividades que solo música. Juegos, voy a pensar en juegos, a ver...

☆ UNA CARRERA DE OBSTÁCULOS (es un clásico, todo el mundo se divierte en una carrera de obstáculos).

☆ EL JUEGO DEL PAÑUELO... no, mejor... el juego de robar la cola. Te pones un pañuelo en la cintura del pantalón (como una cola, claro) y el objetivo es robarles la cola a los del equipo contrario... Vale que es un juego de niños y que nosotros somos ya un poco más mayores, pero ¡igualmente me encanta!

O todavía mejor... si tenemos carpas de circo o de feria..., ¿no sería genial que los juegos también fueran los típicos de feria?

Por ejemplo:

✯ JUEGO DE PUNTERÍA: apilamos unas cuantas latas (limpias y pintadas de colores, por ejemplo) y para jugar hay que derribarlas todas con una pelota. Lo mismo se puede hacer lanzando aros y ensartarlos en un palo.

✯ JUEGO DE PESCAR PATOS: este es un poco más difícil, porque haría falta una piscina hinchable, y agua y... patos de goma, me imagino. Y una caña de pescar. No. En las ferias se puede hacer, pero creo que en mi fiesta va a ser más complicado.

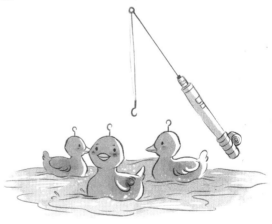

Tendré que exprimirme el cerebro de verdad con esto.

Porque...

¡YA QUEDA MENOS, YA QUEDA MENOS!

Hoy ha ocurrido algo raro. Queda una semana para la f𝓲esta y ha ocurrido algo rarísimo.

No sé si preocuparme.

Vale. Estoy UN POCO preocupada.

Como solo queda una semana para la f𝓲esta, es el momento de comenzar a organizar las cosas para la f𝓲esta en serio, así que me he puesto manos a la obra. Y como una f𝓲esta sin invitados no es una f𝓲esta, he comenzado por ahí. Claro que, en realidad, todos mis amigos ya sabían que estaban invitados, porque me han estado ayudando todas estas semanas, pero he pensado que debería mandarles una invitación formal, que es esta:

GRAN fiesta
DE CUMPLEAÑOS DE MARTINA

Queridos amigos y amigas: Como sabréis, dentro de una semana es mi cumpleaños, así que (como también sabréis) voy a organizar una fiesta para celebrarlo, ¡y estáis todos invitados! Lo que pasa es que será una fiesta muy especial, porque vamos a montarla entre todos. Necesitamos:

Comida y bebida, No hace falta traer mucho, pero sí que todos pongamos nuestro granito de arena. Unas bolsas de patatas, bocadillos, Coca-Cola, zumos, agua... ¡cualquier cosa será bienvenida!

Telas, alfombras, cojines y palos (sirven de escoba, de fregona, de golf, de lo que sea...) porque vamos a montar tiendas y carpas como si la fiesta fuera una feria.

¡Vuestros teléfonos móviles o tabletas! Y si los tenéis, amplificadores de esos que no necesitan enchufarse a la corriente para la música.

¡os espero a todos!

Lugar: playa de la Fontanilla
Marbella
Fecha: sábado, 24 de febrero
Hora: 5 de la tarde

Las he hecho y decorado a mano, porque así quedan más chulas (SIGO ESTUDIANDO, EH, pero no se puede estudiar TODO EL DÍA). Eran invitaciones personalizadas, cada una con una decoración distinta En realidad, también las he hecho porque me hacía ilusión ver la cara de mis amigos al recibirlas, pero...

Pero ha llegado la hora del recreo. Mi idea era repartir las invitaciones en ese momento, y por eso al acabar la clase he ido a abrir la mochila para recogerlas y entonces me he dado cuenta de que mis amigas... ¡se han marchado al patio sin mí! He tenido que bajar yo sola, y en serio, mi escuela es GIGANTE. Me he estado un montón de tiempo buscándolas por todas partes, porque no estaban en nuestro lugar habitual junto al campo de fútbol, ni al lado del comedor. Pero esto no es lo peor. Lo peor es que cuando he encontrado a mis amigas en la puerta de la biblioteca y les he dado las invitaciones...

Yo: ¡Chicas! ¡Ya sé que sabéis que estáis invitadas, pero aquí tenéis!

Primero Sofía y Daniela se han mirado entre ellas y luego a las invitaciones. Y entonces Sofía ha puesto ESA CARA. ¿Sabéis la cara que pone una persona cuando por Navidad le regalan un pijama feo o unos calcetines? Pues ESA CARA. Y luego ha dicho:

Sofía: **Ah, vale.**

Y Daniela ha añadido: *Pues ya te diremos.*
QUE YA ME DIRÁN. SI HACE SEMANAS QUE PREPARAMOS ESTA fiesta JUNTAS.
¿Qué ha ocurrido? ¿Alguien lo entiende? Porque yo no.

Y ellas no han sido las únicas. Al salir de clase me he encontrado con Jaime, Hugo y Tom, y cuando les he dado las invitaciones (en una fiesta pueden faltar algunas cosas, pero ¡los chicos guapos JAMÁS!) va Tom y dice que justo el día de la fiesta tiene entreno de fútbol. Que no sabe si podrá venir.

En realidad, la impresión que me ha dado es que NO QUERÍA venir, pero seguro que son imaginaciones mías. ¡Si mis amigos han trabajado casi tanto como yo para montarlo todo! Pero, aun así, no me lo podía sacar de la cabeza. He llegado a casa y solo hay una cosa que me ha arreglado el día: al entrar por la puerta, mi hermano peludo número uno, mi gato, ha venido corriendo a saludarme, y mi hermano peludo número dos, Bolita, ¡ha hecho lo mismo! ¡Y luego los dos juntos se han puesto a jugar! Pero ¿aparte de eso? Un día fatal. Fatal.

Hoy no tengo muchos ánimos para...

LOS SALUDOS DIVERTIDOS, LA VERDAD

QUÉ ME VOY A PONER EL DÍA DE LA fiesta
(¡He decidido que no me voy a desanimar!)

Tiene que ser:

CÓMODO, porque vamos a bailar y a jugar. Pero a la vez...

¡fashion! ¡Porque es una fiesta!

El truco aquí está en encontrar el equilibrio.

Vale, he echado una ojeada a mi armario y tengo un problema, porque en mi armario hay mucha mucha ¡mucha ropa! Hasta ahora en realidad no había sido un problema. ¡Me encanta ir de compras y probarme modelitos!

Uno de mis lugares favoritos para ir a pasar las tardes con mis amigas es en realidad los grandes almacenes y vamos de tienda de ropa en tienda de ropa. Sinceramente, mi armario está tan lleno que, si me descuido, dentro de poco ya no cabrá nada más.

Entonces, ¿qué me pongo?

El primer dilema es: ¿pantalón o falda? Las faldas son geniales y elegantes, pero para correr y no preocuparse..., pues casi que no. Así que pantalones. Al final, estoy entre unos vaqueros superajustados, de pitillo, que me quedan taaaaaaaaaaaaaaaaaaaaaan (he escrito veinte aes, las he contado) bien, pero que son menos de arreglar, o unas mallas de color negro, ¡que combinan mucho más con las botas de piel!

Eso, las botas. Cómodas pero elegantes también. ¡No iré en zapatillas a mi fiesta!

Y en la parte de arriba..., ¡ahí sí tengo un problema! He comenzado a sacar ropa del armario y ahora tengo una montaña sobre la cama porque no tengo ni idea. ¿Hará frío? ¿Hará calor? Sé que quiero algo rosa (porque el rosa chicle es mi color favorito, ¡qué preguntas!), pero, claro..., ¡la mitad de mi ropa es rosa!

Si me pongo las mallas negras, podría ponerme una parte de arriba más larga. Tengo una camiseta que es casi un vestido, de color rosa con lentejuelas. En cambio, si voy con los vaqueros... ay, ¡no tengo ni idea!

Hace un par de meses me compré una camisa que es rosa y negra, entallada, que combina muchísimo con los vaqueros, pero no estoy del todo decidida.

ESTO DE LA MODA ES MUY DIFÍCIL

Bueno. Si el otro día mis amigos estaban raros, hoy... sé que algo va mal de verdad. Estábamos en clase (¡matemáticas! ¡Sigo estudiando mucho!), y aunque estaba súper, superatenta, me he dado cuenta de que Nico y Katya se pasaban una nota. En realidad, eso no debería ser sospechoso para nada, porque, bueno, porque Nico y Katya, para empezar, son amigos, y además..., quién no se ha pasado una nota (¡yo también! ¡Suerte que mis padres nunca van a leer este cuaderno!). Pero después de darle la nota a Katya, estoy SEGURÍSIMA de que Nico se me ha quedado mirando. Entonces se ha dado cuenta de que yo lo estaba mirando y se ha puesto a disimular, pero en serio, Nico disimula MUY MAL.

SEÑALES DE QUE TUS AMIGOS TE ESTÁN OCULTANDO ALGO:

✩ Si se pasan notas en clase pero no te pasan notas A TI.

✩ Si están hablando en un corrillo fuera de clase y de repente, cuando te acercas, SE CALLAN O CAMBIAN DE TEMA (¡esto me ha ocurrido después de lo de las notitas! Salíamos de clase para el recreo, y mis amigos estaban

MMM...

todos fuera de clase charlando. Cuando me he acercado para ver de qué hablaban, primero se han quedado callados y LUEGO se han puesto a hablar de los deberes. De los deberes, ¡en serio!).

✰ Si cuando les preguntas qué ocurre (porque se lo he preguntado, de verdad), te dicen que *NADAAAAAAAA*, *NO PASA NADAAAAAA*, *MARTINA*, *QUÉ TENDRÍA QUE PASAR*.

✰ Cuando al acabar el colegio, tus amigas con las que SIEMPRE regresas a casa de la escuela te dicen que tienen que hacer cosas y no hacen la ruta de paseo como CADA DÍA.

Y ahí sí, yo ya no me he podido aguantar, porque esto es la última pista, que mis amigas después de clase se vayan a hacer algo SIN MÍ. Claro que pueden hacer cosas sin mí, pero otra cosa muy distinta es que que NO QUIERAN CONTARME QUÉ. Les he preguntado adónde iban, y solo han sabido responderme que «tenían cosas que hacer».

Y mis opciones eran: desesperarme o seguirlas para ver adónde iban.

Así que las he seguido.

Lo primero, he fingido que me marchaba solita a casa poniendo cara triste: pero NO, en realidad he ido solo hasta la esquina. Desde allí he visto que mis amigas en vez de ir por la calle de siempre hacia sus casas, daban un rodeo a la escuela. Cuando he estado segura de que no me verían, he ido detrás. Para que no me vieran, las he seguido de lejos, escondiéndome de vez en cuando por si en algún momento se giraban.

A medio camino, ya no he necesitado seguirlas para saber adónde iban. Si yo paso por las mismas calles muy a menudo. Resulta que mis amigas se han ido SIN MÍ a uno de mis lugares favoritos del mundo: El Corte Inglés.

¡¡¡¡¡¡SE HAN IDO DE COMPRAS!!!!!! ¡Y ME HAN DEJADO SOLA!

No, peor: ME HAN MENTIDO Y SE HAN IDO DE COMPRAS Y ME HAN DEJADO SOLA.

¿Qué voy a hacer?

Creo que me iré a casa.

HOY NO TENGO SALUDOS

ni divertidos ni aburridos para nadie

Pero no me he ido a casa, que es lo que debería haber hecho. Si me hubiera ido a casa y ya está, no estaría ahora en mi cuarto, dentro de la carpa de Bolita, escribiendo esto. Si me hubiera ido a casa y ya está, no me habría pasado media tarde casi a punto de llorar...

Es que ahora estoy solo triste, pero cuando he visto a mis amigas entrar en El Corte Inglés sin mí lo que estaba es enfadada. Tan enfadada que antes de que pudiera darme cuenta de lo que hacía, ya había entrado en el centro comercial y había subido por las escaleras mecánicas hasta la segunda planta, que es donde hay mis tiendas de ropa favoritas. ¡Allí estaban mis amigas! Formando un corrillo, charlando, RIÉNDOSE.

Entonces me han visto acercarme, y estoy segura de que Sofía tenía una cosa en la mano, me ha parecido una camiseta, ¡y la ha escondido para que no la viera!

Y yo me he dicho: *Calma, Martina. Calma*, pero a veces ni yo misma sigo mis propios consejos.

No sé, la verdad es que me pongo triste cada vez que recuerdo la conversación que he tenido con mis amigas, así que no voy a transcribirla aquí entera, pero ha sido más o menos así:

Yo intentaba que no se me notara lo ENFADADA que estaba, porque de verdad, en mi cabeza estaba tratando de buscarle una explicación a todo, cualquier cosa que no fuera: *Mis amigas me han dado la espalda y se han ido de compras sin mí*. Que es difícil, ¿eh? Entonces ellas, al verme, han fingido que no pasaba nada, y han dicho cosas del tipo: *¡Ay, Martina qué bien que te encontramos!* y *¡Es que teníamos cosas que hacer* (y otra vez no han sabido decirme qué «cosas» eran esas porque CLARO SE LO HABÍAN INVENTADO), *pero nada más mar-*

charte, se han cancelado y no nos ha dado tiempo de avisarte!

Ya no he podido más. De verdad que no. Entonces les he dicho que sabía que me escondían algo, y que mentirle a una amiga es muy feo (porque lo es) y me he marchado corriendo.

Por eso ahora estoy en la tienda de juguete de Bolita, casi a punto de llorar, y...

Alguien ha dado dos golpecitos en la puerta de mi habitación.

Era mi hermana mayor. Supongo que cuando mis padres me han visto llegar a casa, que me metía en mi habitación y no volvía a salir, se han preocupado un poco y han mandado a mi hermana a hablar conmigo.

Voy a decir una cosa: las hermanas mayores son muy guais. Vale, las hermanas mayores son guais LA MAYORÍA DE LAS VECES, porque hay veces que no, como por ejemplo:

⭐ Cuando te intentan ordenar cosas solo porque ERES LA HERMANA PEQUEÑA.

⭐ Cuando a ellas le dejan hacer cosas que a ti no porque eres LA HERMANA PEQUEÑA

⭐ Cuando se creen que saben más porque tú eres LA HERMANA PEQUEÑA.

Y cosas así, pero en realidad, mi hermana hoy se ha portado superbién. Nada más entrar, ha mirado dentro de la tienda, y me ha visto la cara de como-a-punto-de-llorar y lo que ha hecho es sentarse a mi lado, que casi no cabía la pobre dentro de la carpa, y me ha dado un ABRAZO GIGANTE durante todo el rato que lo he necesitado, que ha sido, la verdad, un rato largo.

Lo que ya me ha gustado un poco menos ha sido que, al contarle lo que me había ocurrido con mis amigas, primero se ha quedado muy seria, pero luego ¡se ha echado a reír! No muy fuerte ni en plan «*Me estoy riendo de Martina porque es una pringada y sus amigas la han abandonado*», pero sí un poquito flojo. Entonces me ha dicho con voz seria, como si fuera el mejor consejo de la vida (y por eso voy a escribirlo en letras extragrandes, porque es cómo lo ha dicho):

NO TE PREOCUPES TANTO, MARTINA, YA VERÁS QUE TODO SE ARREGLA.

Claro. Para ella es fácil. A ella no la han dejado sus amigas tirada. En fin.

LISTA DE LOS CINCO PEORES RECUERDOS DE MARTINA:

¡CINCOOO! ✵ Cuando Luna (otra amiga muy amiga mía) se marchó a Irlanda a estudiar en un internado. El día que vino a despedirse no veas lo que lloré. ¡La echo muchísimo de menos! Suerte que nos escribimos con el móvil muy a menudo, porque si no... ¡No entiendo cómo se las apañaba la gente antes!

¡CUAAATRO! ✵ La vez que me rompí una pierna. Estaba montando a caballo. Ya

he contado que voy a clases de equitación, ¿verdad? ¡Que me encanta! Pero me encanta todo menos esa vez que hacíamos una excursión alrededor de la hípica, y entonces el caballo que iba al lado del mío se enfadó, o se asustó, y pegó una coz... y me dio en la pierna. ¡Lo pasé fatal! Me llevaron al hospital a toda prisa y acabé con la pierna escayolada dos semanas. ¿Lo peor de una pierna escayolada? Pues no es que no puedas moverte o que, para ducharte, tengas que poner la escayola dentro de una bolsa de plástico: ¡ES QUE SI TE PICA NO TE PUEDES RASCAR!

¡TREEES! ⭐ Una vez que Lili se puso enfermo, vomitando y maullando de lo mucho que le dolía. Lo llevamos al veterinario enseguida y por suerte solo fue que había comido algo que le había sentado mal, pero igualmente no había sufrido tanto en mi vida. Mi hermano peludo querido, ¡pobrecillo! (Esto está en el número tres porque al final a Lili no le pasó nada. Si no, estaría en el número uno, ¿eh?)

¡DOOOS! ✧ El día que mis padres me dijeron que no podía celebrar mi fiesta de cumpleaños por culpa de que mis notas habían bajado.

¡UUUUUUNO! ✧ Esta semana. En serio. Esta semana, porque estos días he seguido repartiendo invitaciones para mi fiesta y resulta... pues resulta que no puede ir nadie. Todos los compañeros de la escuela me han puesto una excusa u otra. Incluso amigos y amigas que van conmigo a clase de baile, o de música, o compañeros de la hípica, me han dicho que seguramente no podrían ir.

¿Que si me he desanimado? Pues ha sido difícil, muy difícil, pero he intentado no hacerlo. He ido a clase normal, incluso he procurado hacer como si no me importara nada y he estado con mis amigas, charlando y riendo, pero claro..., es que todavía no me han pedido perdón por haberme dado la espalda y haberse marchado a El Corte Inglés sin mí, así que todo es muy raro.

Lo que sí he hecho mucho estos días, por lo menos, ha sido estudiar, porque si una cosa he tenido de sobra es tiempo libre. Esto es así porque, después de mucho pensarlo y de mucho dudar..., he decidido suspender la fiesta.

Se suspende la fiesta, en serio.

Total, ¡si al final parece que la única que puede ir soy yo! Así que ni fiesta en la playa, ni carpas, ni música ni juegos. Se acabó.

Eso sí, el año que viene, cuando cumpla trece... ¡que se prepare todo el mundo!

¡FELIZ CUMPLEAÑOS, MARTINA!

Pobre cuaderno. Desde que decidí suspender la fiesta se ha quedado guardado en un cajón... No quería ni verlo, pero está claro que no tiene la culpa de todo lo que ha ocurrido, así que he puesto este mensaje para mí misma, para animarme.

Aunque no sé si funcionará mucho, la verdad. Quiero decir, no estoy pasando un MAL día. ¡Sigue siendo mi cumpleaños! Y, además, ¡es fin de semana! Por la mañana mis padres han venido a despertarme para ser los primeros en desearme un feliz cumpleaños (los segundos han sido Lili y Bolita, y los terceros mis hermanos no peludos) y hemos desayunado juntos. Y luego, mi madre ha propuesto que fuéramos a dar un paseo con Bolita y hacía tan buen tiempo que nos hemos quedado en el paseo marítimo hasta la hora de comer.

¿Que si estoy enfadada con mis padres por todo lo que ha ocurrido? Pues me lo he estado pensando mucho estos días, y creo que no. No enfadada enfadada de verdad, porque son mis padres y su trabajo es hacer de padres y decir cosas como: MARTINA, NO TE PONGAS DE PIE ENCIMA DEL SOFÁ, O MARTINA, CÓMETE LA VERDURA, O MARTINA VALERIA, ¿CÓMO SE HA ROTO EL JARRÓN DEL SALÓN? (solo rompí un jarrón una vez, pero era muy feo, lo prometo. Además, lo hice sin querer). Todo lo que hacen es porque creen que es lo mejor para mí, incluso lo de prohibirme celebrar la fiesta por culpa de las malas notas que saqué en los últimos exámenes. Lo que sí estoy es un poco triste. Soy una niña sin fiesta de cumpleaños, ¡claro que estoy triste!

Al menos tendré regalos, aunque dicen que me los van a dar por la noche. Iremos a cenar a una pizzería con mis hermanos mayores. (¡PIZZA!)

El problema es que, hasta la noche, todavía quedan horas. He intentado leer, y jugar en el ordenador, incluso estudiar (ESTUDIAR, el día de mi cumpleaños, ¡eso sí quiere decir que estoy triste!), pero no consigo concentrarme. No sé qué hacer.

TENGO QUE PENSAR EN ALGO QUE HACER

SALUDOS ABURRIDOS

Al final, después de comer lo que he hecho es quedarme mirando por la ventana de mi habitación. Hace buen día. Cuando planeaba la fiesta, me preocupaba que fuera a llover o a hacer frío, pero en vez de eso hace sol y el mar tiene ese color azul oscuro tan bonito. Y hace calor. Lo sé porque, como al final no conseguía estar tranquila en casa, le he preguntado a mi madre si podía ir a pasear a Bolita. Primero, porque tenía que pasearlo igualmente (es una de las condiciones que pusieron mis padres para que pudiéramos quedárnoslo hasta que aparecieran sus dueños) y, segundo, porque pensaba que así me despejaría un poco.

Yo: **¡Mamá! ¡Voy a pasear a Bolita!,** *he dicho yo, y* **¡Ven, Bolita! ¡Ven! ¡Vamos a la calle!**

Y Bolita lo ha entendido enseguida, porque ha llegado CORRIENDO. Le encanta salir a la calle y a mí me encanta pasearlo. ES TAN MONO, ¡si hasta le gente se para para saludarlo!

Mi madre se me ha acercado enseguida. Ha estado toda la tarde ocupada y al teléfono, pero no he podido escuchar con quién hablaba. Será algo del trabajo seguramente.

Mamá: **¿Ahora vas a salir?**
Yo: **Solo un rato, a pasear a Bolita.**

Mi madre se ha quedado callada un segundo, y luego ha dicho:

Mamá: **¡Muy bien! Pero no tardes, ¿entendido?**
Yo: **¡VALEEEEEEEEEEEEEEEMEVOYVAMOS-
BOLITA!,** *me he despedido mientras salía.*

Como donde vivo es una zona supertranquila hemos paseado, he jugado con Bolita tirándole la pelota (¡y hemos practicado trucos! Ahora tú le dices «SIÉNTATE, BOLITA», y se sienta CASI enseguida). Y lo de despejarme ha funcionado, pero solo un poquito.

Luego he regresado a casa, porque ya sabía qué quería hacer: ¡Mis patines! Si lo he dicho un montón de veces que patinar es de las cosas que más me gustan en el mundo.

Yo: **¡Mamá! ¡Voy a salir a patinar, ¿vale?**
Mamá: **Pero ¿vuelves a salir?**, *ha dicho mi madre desde el salón. Estaba hablando por teléfono otra vez.*
Yo: **¡Solo un ratito!**

Entonces he oído cómo mi madre se levantaba del sofá, pero yo lo único que quería de verdad era salir, así que he salido por la puerta todo lo rápido que he podido. Me ha parecido escuchar a mi madre que decía: *Martina, iespera!*, pero me he puesto los patines y he salido igualmente. Patinar me ayuda a no pensar en nada más que en mover los pies. El problema es que hace tan buen día que en vez de dar solo una vuelta alrededor de casa, me he puesto a patinar y a patinar. Y entonces me he puesto a pensar en la fiesta otra vez y CASI sin querer he llegado a la playa, la misma donde encontré a Bolita. Me encanta ver el mar de cerca.

Lo peor de todo es que entonces sí me he puesto triste de verdad. En la playa había personas tomando el sol, jugando a la pelota o paseando, pero entonces me he comenzado a imaginar la fiesta que al final hoy no tendré, y todo lo que me he perdido: ¡la música! ¡Las carpas! ¡La comida! ¡Los juegos! Vale, estoy convencida de que el año que viene SÍ voy a celebrar la mejor fiesta de la historia, pero este año... ¡este año me habría gustado también celebrarla!

¡ánimos, martina!

Voy a dejar de escribir para patinar un rato más. Es un poco tarde ya, pero estoy segura de que no hay ningún problema. Hasta la noche, cuando vaya con mis padres y mis hermanos a cenar, no tengo nada que hacer.

¡A PATINAR!

Tengo como UN TRILLÓN de llamadas del móvil de mi madre, de mi padre y del teléfono de casa. Y llamadas de mis hermanos también. Como no quería que nadie me molestara, lo tenía puesto en silencio... ¿Qué ocurre?

¡Suerte que con los patines puedo llegar a casa en tiempo récord!

¡NO ME LO PUEDO CREER! ¡NO ME LO PUEDO CREER!

¡NO ME LO PUEDO CREER!

¡NO ME LO PUEDO CREER!

¡NO ME LO PUEDO CREER!

¡EN SERIO QUE NO!

¡PERO...!

Vale. Creo que no me estoy explicando. Pero lo que ha pasado es TAN FUERTE que no tengo palabras. Voy a hacer un esfuerzo por dejarlo aquí escrito.

LA HISTORIA DE LA DIVERSIÓN
MÁS DIVERTIDA
DE MARTINA

Descubrí enseguida por qué tenía tantas llamadas de mis padres. En cuanto llegué a casa, no estaban enfadados, solo tenían mucha, mucha prisa para que me cambiara de ropa y me quitara los patines. Luego mi madre se fijó en que también llevaba las mallas que me pongo siempre para patinar, y una sudadera rosa que es mi favorita para hacer deporte porque es tremendamente cómoda, pero claro, lo que se dice bonita no es. Y me dijo:

Mamá: **Vamos, vamos, tienes diez minutos para cambiarte, Martina.**

Y yo me preguntaba: *¿Para cambiarme?* *¿QUÉ ESTÁ OCURRIENDO AQUÍ?* Pero por más que preguntaba, no querían decírmelo...

Estaba tan, tan nerviosa que ¡ni sabía qué tenía que ponerme! Hasta que entró mi hermana mayor, abrió mi armario y sacó los vaqueros de pitillo y la camisa negra y rosa con un abrigo a juego.

Cuando ya estuve lista del todo, me llevaron deprisa y corriendo hacia el coche. Nos metimos todos: mis padres, mis hermanos, ¡incluso Bolita, supercontento porque salía a pasear otra vez! Suerte que tenemos un coche lo bastante grande para que quepamos todos, que si no...

Y durante todo ese tiempo yo no entendía nada, claro, porque se suponía que íbamos a cenar todos juntos, pero no eran más de las cinco de la tarde...

Entonces nos alejamos poco a poco del centro de Marbella y yo, no sé por qué, comencé a ponerme cada vez más y más nerviosa mientras veía por los retrovisores del coche cómo mis padres, por su parte, se ponían más y más contentos. En ese momento mi hermano comenzó a grabar con el móvil. Y me di cuenta de que nos dirigíamos hacia el club de golf donde solemos ir mi familia y yo a jugar.

¡Casi pego un bote en el asiento del coche! Y de repente... ¡carpas! No como la de Bolita, de juguete y donde tienes que entrar gateando, no. Carpas grandes, de colores. Había una roja y blanca, una azul y amarilla, otra azul y roja. Había una que parecía una tienda de los indios americanos y otra como sacada de un circo, con una banderita en la parte de arriba. ¡Al fondo había incluso una hinchable, para poder saltar dentro!

Se escuchaba la música y estaba...

estaba todo el mundo.

Casi no pude esperar a que mi padre frenara el coche para bajar (además, con las prisas casi tropecé, pero soy muy buena disimulando esas cosas y solo pareció que había dado un salto) porque ahí, entre las carpas estaban mis amigos de la escuela, mis compañeros de hípica y los de las clases de baile y de música. También estaba mi familia: mis primos y tíos, mis abuelos, mi abuela tenía una sonrisa radiante porque me quiere (y la quiero) muchísimo, amigos de mis padres con sus hijos, vecinos... Y justo encima de ellos había una pancarta donde ponía:

feliz cumpleaños, martina

Yo al principio no me lo podía creer..., pero en ese momento todos esos amigos y conocidos corrieron a darme un abrazo y ENTONCES ya comencé a creérmelo un poquito más.

Me puse a pasear. Había un carrito de rayas rojas y blancas donde se hacían palomitas, otro con hamburguesas y perritos calientes, uno con algodón de azúcar y bebidas. Yo cami-

naba por entre las carpas y no podía creérmelo. En cada una de las carpas encontraba algo
distinto: en unas cuantas, música de estilos
diferentes para bailar, en otra, una maquilladora profesional para que pudiéramos pintar-
nos, en otra un MAGO que hacía trucos con cartas, y en otra un
montón de disfraces, y en la
carpa más grande de todas,
la roja y blanca, estaba: LA TARTA.

Era como me la había imaginado. Tenía tres pisos enormes, cubierta de *fondant* y la decoración eran dibujos relacionados con mis aficiones favoritas: un caballo a medio salto, unos patines, notas musicales... En realidad, toda la fiesta era como la había imaginado estas semanas, ¡igual que lo que había escrito en este cuaderno!

Solo que... mejor.

Y yo solo podía mirar de las carpas a la gente que me felicitaba por mi cumpleaños, y de la gente a mis padres y a mis hermanos y a mis abuelos, que estaban tan contentos que no podían parar de reír. ¿Y yo? Pues mira, yo era la única que no me reía, yo tenía esta cara ASÍ: O todo el rato porque...

Esta era la fiesta maravillosa, genial, inolvidable que había planeado. Esta. ¡Y no tenía ni idea!

Entonces mi hermana Florencia SE ECHÓ A REÍR TAN FUERTE QUE TUVO QUE SENTARSE.

Estaba riendo tanto que le faltaba el aire para contarme qué le estaba ocurriendo...

¡PORQUE FUE ELLA!

¡FUE ELLA!

Cuando entró en mi habitación para traer los regalos para Bolita vio el cuaderno de preparativos para la fiesta.

Y lo leyó sin decirme nada.

Y luego habló con mis padres y mi hermano.

Entonces decidieron que, con todo lo que había ocurrido con Bolita, y viendo cómo me había propuesto DE VERDAD estudiar, me merecía una fiesta sorpresa usando todas las ideas que yo había ido apuntando en el cuaderno.

Yo todavía estaba como mareada de la impresión. ¡Había tanta gente, y tanto ruido! Pero todavía faltaba lo mejor..., porque entonces llegaron corriendo todas mis amigas y amigos y...

claro que no me estaban dando la espalda. Cuando mis padres decidieron celebrar la fiesta sorpresa, los llamaron a todos. ¡Por eso todo el mundo me había dicho que no podía asistir a mi fiesta! ¡Por la *otra* fiesta sorpresa!

Y cuando había seguido a las chicas hasta El Corte Inglés... ¡ESTABAN COMPRÁNDOME UN REGALO! Era una camiseta preciosa, que se ha convertido en mi favorita. De hecho, me gusta tanto que intento no ponérmela demasiado a menudo para no estropearla.

Después de todo eso, ya sí me eché a llorar, pero de alegría. Estuve llorando como cinco minutos, pero luego...

¡a pasarlo bien!

Reconozco que he tenido días divertidos en mi vida, pero este..., ¡este fue el mejor! Apenas me dio tiempo de hacerlo todo: probé las palomitas y los perritos calientes, y la carpa hinchable para saltar (¡mucho mejor que saltar en el sofá como el año pasado!), me puse un disfraz, dejé que me maquillaran... En realidad, para explicar toda la fiesta, necesitaría un cuaderno igual de grande que el que necesité para planearla...

Pero fue genial, maravilloso, fantástico.

Además, después de soplar las doce velas en la tarta, descubrimos que no solo era preciosa, sino que también ¡estaba riquísima!

Y lo mejor es que no se acabó por la noche.
Cuando se puso el sol, encendimos un montón
de luces de colores que había colgadas entre
carpa y carpa, y a la noche...

Eso no lo había planeado yo. Eso lo pensa-
ron mis padres ellos solos: por la noche, los
mayores se marcharon, pero mis amigos y yo

nos quedamos. En el campo de golf, justo al lado de donde estaban montadas las carpas hay una zona de bosque. Y cuando llegamos allí, resulta que había un montón de tiendas de campaña con sacos de dormir y colchones inflables. Para iluminarnos, había farolillos con velas dentro por todas partes y justo en el centro del círculo de tiendas, ¡una hoguera para calentarnos! Así fue como la mejor fies-ta de cumpleaños sorpresa de la historia acabó convertida en la mejor acampada sorpresa de la historia.

No diré a qué hora nos acostamos, pero fue muy tarde. Pero ¡eso es lo bueno de que tu cumpleaños sea en fin de semana!

no creo que vaya a olvidar jamás ese día.

¡Hasta aquí la historia de mi maravillosa fiesta de cumpleaños!

¡ÚLTIMOS SALUDOS DIVERTIDOS!

¡Ay! ¡Aquí está! Hace días que buscaba el cuaderno, se me había mezclado con los libros de la escuela. Qué alivio, me habría dado mucha pena perderlo.

Ya casi hace un mes de la *fiesta*. Mis amigos y yo todavía hablamos de lo genial que fue. Por eso quería recuperar el cuaderno, porque después también ocurrieron cosas buenas y resulta que este cuaderno, al final, contiene mucho más que los preparativos de la *fiesta*, y me parecía importante contarlas.

Lo primero: **¡LAS NOTAS!**

Al fin y al cabo, todos los preparativos que hice con mis amigos fue porque mis padres no querían celebrar la *fiesta* porque mis notas habían bajado, así que... ¿qué fue lo que ocurrió después?

Pues...

¡Pues qué iba a ocurrir! ¡Cumplí con mi palabra y saqué las mejores notas de mi vida! Los profesores estaban tan impresionados que volvieron a llamar a mis padres, pero ¡esta vez para felicitarme! Mi hermana dice que es por-

que la última semana antes de mi cumpleaños, cuando estaba enfadada y triste por la
actitud de mis amigos, me la pasé entera estudiando, pero no es verdad. Eso lo dice para
chincharme (porque mi hermana mayor es
muy guay, pero sigue siendo mi hermana mayor). Yo sé que lo de las notas es porque cumplí
mi promesa: dije que, si podía hacer la fiesta, sacaría sobresalientes en todo.

Bueno, en todo no. Lo reconozco. En matemáticas..., en matemáticas no saqué sobresaliente, pero ¡casi!

Lo malo es que ahora mis padres esperan
que para los próximos exámenes saque las
mismas notas o incluso mejores.

Bueno. No sé si es malo, pero difícil seguro.
Pero ¡no me voy a desanimar! ¡Ya no!

Y lo segundo... ¡BOLITA!

¡Hay noticias de Bolita! Una de las mejores
cosas de la fiesta es que mi hermano se de-
dicó a grabar un vídeo, y luego lo subimos a
internet, como hago muy a menudo. La dife-
rencia es que este tuvo un éxito fenomenal. Lo
vio muchísima gente, incluso... los dueños de
Bolita.

No se llama Bolita, claro. Se llama Steve. Eso lo supe porque dos días después de la fíes-ta recibí un correo electrónico. Estaba en inglés (¡suerte que mi escuela es inglesa y lo entiendo perfectamente, que si no...) y lo habían escrito los dueños de Steve. ¡Decían que un amigo de unos amigos había visto el vídeo, que se lo habían mandado y entonces habían reconocido a su perrito enseguida. Yo supe desde el primer momento que decían la verdad, porque con el correo electrónico me mandaron fotografías donde salían un señor y una señora con cara de simpáticos y dos niños muy rubios con Bolita.

Yo les respondí enseguida para preguntarles qué había ocurrido. Resulta que los dueños de Bolita (todavía no me he acostumbrado a llamarlo de ninguna otra forma, en serio) habían venido a Marbella de vacaciones. Ni siquiera estaban en el centro de la ciudad, sino en un camping a las afueras, y justo el día antes de tener que marcharse, iban paseando por la playa cuando Bolita (¡Steve!), se asustó por un ruido y se les escapó. Como es tan pequeño, sacó la cabeza del collar y echó a correr. Y el pobre llegó desde la playa del camping hasta el centro de Marbella donde yo lo encontré! Los dueños de Steve/Bolita se pasaron horas buscándolo. Incluso se quedaron más días de los que tenían previstos en Marbella, pero al final tuvieron que marcharse a Inglaterra... y ya se pensaban que no volverían a verlo más.

Yo también les mandé mensajes diciendo que Bolita estaba muy bien cuidado, que incluso tenía un hermano peludo, Lili, con el que jugar (porque al final incluso se hicieron amigos, ¡de verdad!), y que no se preocuparan.

En realidad, estaban tan contentos y tan impacientes que una semana después del primer mensaje, me mandaron otro diciendo que habían decidido regresar a Marbella para recuperar a su perrito. Fue muy bonito. Cuando la familia llegó, quedamos en la playa. Y entonces sí, en cuanto Bolita los vio acercarse, fue como si se volviera loco de alegría, comenzó a saltar y a ladrar de contento.

Y yo... claro que estaba triste. ¡Ya lo quería mucho, a Bolita! Pero luego pensé: ¡Esta familia viene de Inglaterra a Marbella solo para recogerlo, así que deben de quererlo tanto o más que yo! Así que al final, estaba triste pero contenta a la vez.

Lo bueno..., lo bueno es que la familia, con los niños, viene varias veces al año de vacaciones aquí, ¡así que me prometieron que siempre que estuvieran en la ciudad me avisarían para que pudiera ver a Bolita y jugar con él!

Y ya está. Ahora creo que el cuaderno está del todo completado. Me gusta cómo ha quedado, con los colores y los dibujos y las historias que tiene dentro. Lo voy a guardar. Me va a servir para recordar que a veces las cosas no salen como quieres... Pero ¡eso significa que a veces pueden salir incluso mejor!

ORGANIZA TU PROPIA FIESTA DE CUMPLEAÑOS

*

*

*

*

*

*

*

*

*

*

Lista de
INVITADOS

*
*
*
*
*
*
*
*

DECORACIÓN y LUGAR

Lista de COMIDA

*

*

*

*

*

*

*

*

*

*

*

*

*

Lista de MÚSICA

*

*

*

*

*

*

*

*

*

*